학폭교사 위광조

현직 교사가 소설로 쓰고 그린 학교폭력 보고서

꿈몽글 장편소설

파람북

학폭교사 위광조

초판 1쇄 인쇄 2023년 11월 24일
초판 1쇄 발행 2023년 12월 1일

지은이 꿈몽글
펴낸이 정해종

펴낸곳 (주)파람북
출판등록 2018년 4월 30일 제2018-000126호
주소 서울특별시 마포구 토정로 222 한국출판콘텐츠센터 303호
전자우편 info@parambook.co.kr
인스타그램 @param.book
페이스북 www.facebook.com/parambook/
네이버 포스트 m.post.naver.com/parambook
대표전화 편집 | 02-2038-2633 마케팅 | 070-4353-0561

ISBN 979-11-92964-70-6 03810

추천의 글

『학폭교사 위광조』를 만난 건 글이 연재되는 커뮤니티, 브런치에서였다. 교사의 말, 학생의 말, 학부모의 말 모두 한번쯤 들어본 이야기들이라 더 깊이 몰입했던 것 같다. '교사의 본질은 수업과 교육이 아닌 걸까. 학교 폭력 신고 처리 과정은 과연 교육의 본질에 맞닿아 있는 개념일까.' 교사는 의미와 목적을 찾을 수 없는 일에 시간과 노력을 쏟느라 정작 '나'를 필요로 하는 내 학생들을 제대로 가르치지 못할 때 자부심을 잃고 소진되어 간다. 언제나 최선을 다했고, 주어진 상황에서 가장 옳은 선택을 한 『학폭교사 위광조』가 해피엔딩으로 끝나는 그날까지, 우리 지치지 말고 멈추지 않기를. 꿈몽글 팀, 고맙습니다!

공교육정상화 전략기획팀

끝내 소설로 남는다면 좋겠지만 모두 사실인 이야기. 2년 차 학교폭력 책임교사의 눈에 비친 이 책은 드라마나 영화 속 가짜 학폭이 아닌 '학교 현장의 진짜 학폭'을 그대로 보여주는 거울이다. 학교폭력예방법이 무엇이며 그게 왜 문제가 되는지를 다양한 사안과 법령, 수도 없이 읽어 손때가 묻은 가이드북을 통해 낱낱이 보여주는 책. 피해 학생와 가해 학생, 교사와 학부모, 그 누구의 보호막도, 교육적 수단도 되지 못하고 오히려 교육을 무너뜨리는 가장 강력한 무기가 되어버린 학교폭력예방법의 실체가 이 책을 통해 세상에 드러나길 바란다.

이예진 | 대전 감사랑반 담임교사

학교폭력 전담교사 업무는 학교에서 가장 기피하는 업무이다. 심각하고 첨예한 대립을 피할 수 없는 학교폭력을 책임져야 하기 때문이다. 그럼에도 누군가는 이 업무를 해야 하므로, 보호막 없이 대립의 칼날 위로 내몰리고 있다. 작은 실수라도 하면 칼날에 베이거나, 대립의 한복판으로 떠밀리기도 한다. 이 책은 회복과 성장보다 대립과 갈등만 남은 '학교폭력'의 민낯과 변화의 절실함을 깨닫게 해준다.

신건철 | 서울 구로초등학교 교사

학교폭력을 다루는 책들을 보면 심각성을 너무 과장하거나, 사안 처리 매뉴얼의 해설판 비슷한 책들이 대부분이다. 학폭 업무를 오래 맡았던 나로서도 아쉬움이 많았고 학교폭력의 실상과 리얼리티를 충분히 담은 책이 나오기 바라던 터였다. 마침 우연히 만난 이 책은 학교 밖에선 알기 힘든 학교폭력의 실상과 디테일이 담겨 있고 재미있어 단숨에 다 읽었다. 이 책의 등장인물 모두가 살아 움직이는 듯한 느낌이다. 다른 누구보다도 학부모와 교육 관계자들이 꼭 읽었으면 한다. 읽고 나면 우리 아이들을 위해 우리 사회가 무엇을 해야 할지에 대해 명쾌한 답을 얻게 될 것이다.

이상우 | 경기 금암초등학교 교사

이 책은 언젠가 추억하며 말하게 될, 우리 시대가 애써 외면하는 교사의 자화상이다. 교육현장을 모르면서 열심히 일하는 분들, 교육적 기능을 박탈당하고도 말하지 못하는 분들, '같이'보다 '따로'의 가치를 편애하는 분들이 함께 만들어낸 이 시대의 아픔이다. 슬프지만 담담한 현실 고백을 통해 문제의 본질을 짚는 '꿈몽글'의 시원한 목소리가 오늘을 추억하게 만들 힘이 될 것이라 믿어 의심치 않는다.

고병연 | 광주창의융합교육원 연구사

학교폭력 문제의 핵심을 관통하고 있는 소설이다. 교사가 교사로 설 수 없는 암담한 현실, 이로 인해 피해를 받는 선량한 다수의 학생과 학부모의 애환이 고스란히 녹아있다. 학교폭력이라는 모호한 개념 아래 학교가 처해 있는 현실 속 문제를 지적하고, 이를 바꾸기 위해 애쓰는 주인공 광조를 끝까지 응원하게 되는 이유다.

송미나 | 한국교육정책연구소 소장

이 책은 학교폭력이라는 사실에 상상력을 발휘해 새로운 사실을 창조해낸 저작물이며, 역사의 허구화와 허구의 역사화를 동시에 구현한 소설 작품이다. 인성교육을 실천하는 최전선이자 인격의 원시림이며 순수성 보고인 초등학교 현장에 몸담고 있는 저자가 마주하는 학교폭력에 대한 이해와 해석을 옹호하며 박수를 보낸다. 허구와 현실의 경계를 허무는 이야기의 동시성과 공감의 질서를 갖추면서 독자로 하여금 현재의 시간을 성찰하기를 간절히 요청하고 있다.

이재호 | 광주교육대학교 윤리교육과 교수

이야기를 시작하며

"이 글은 소설입니다. 그리고 이 글은 소설로만 머물러 있어야 합니다."

몇 년 전, 제일 처음 이 글을 쓰기 시작했을 때, 작품을 소개하는 페이지 속 첫 줄에 쓴 문장입니다. 그리고 정말 그러길 바랐습니다. 하지만 최근의 일련의 사건들을 바라보면 이미 이 글은 소설의 범주를 넘어선 현실로 다가와 버렸다는 생각이 듭니다. 정말 슬프게도 말입니다.

저는 제 삶 속에서 '교실'이라는 단어에 많은 의미를 부여합니다. 교실은 참 특별한 공간이거든요. 그곳에서는 수십 명의 학생과 한 명의 교사가 만들어가는 역동적인 이야기들이 쌓입니다. 그렇게 쌓여간 시간은 1년이 지나면 모두가 흐릿하게, 기억의 저편으로 사라집니다. 오직 몇 명의 학생들과 교사의 마음속에서만 머무르는 아련한 이야기로 남을 뿐이지요.

그렇기에 저희 팀은 교실이라는 공간에서 이야기를 만들어가는 주인공인 학생과 교사의 이야기를 진솔하게 담아내고 싶었습니다. 이번 작품을 기획하고 만들어가고 이렇게 세상에 내놓으면서도 마찬가지였습니다. 지금 오늘날, 교실 속에서 살아가는 학생들의 생각과 교사들의 마음을 엮어내고 싶었습니다.

그 점에서 '학교폭력'이라는 소재는 참 흥미로운 대상이었습니다. 외부에서 바라보면 언제나 자극적으로 끔찍한 범죄의 이미지를 연상하게 하는 단어이지요. 하지만 교실 속에서 살아가는 학생과 교사가 볼 땐 그 단어는 조금은 다른 의미로 다가옵니다.

여름 방학에 다른 지역에서 또래 아이와 말싸움을 하더라도,
체육 수업 시간에 피구 시합을 하다가 공을 던져 누군가를 아웃시켜도,
간식을 나눠주다가 개수가 부족해서 한 명을 못 주게 되는 상황에서도,
그냥 길을 지나가다가 만난 한 아이가 기분이 나빠져도,

학교폭력 신고가 이루어질 수 있고, 학교폭력 가해자가 될 수 있다는 것을 교실 속 사람들은 알고 있습니다. 그리고 그 신고가 접수되자마자 아무 근거 없이 최대 3일간, 2023년부터는 하반기부터는 최대 7일까지

교실에서 쫓겨날 수 있다는 걸 경험하고 있습니다. 그 시간 속에서 교실 속 대다수의 선량한 학생들은 공포에 떨고 있습니다. 학교폭력 신고를 남발하는 실제적인 가해자들에 대한 두려움이지요. 아무 근거가 없어도 학교폭력 신고가 이루어질 수 있고, 끝까지 피해를 주장하는 상대방을 막을 수 있는 방법도 딱히 없습니다. 그리고 이런 '가짜 학교폭력'의 접수와 처리가 누적되면서, 정작 심도 있는 조사와 강력한 처벌이 필요한 '진짜 학교폭력'에 대한 처리마저 사회적 기대에 부응하지 못하는 과정이 반복되고 있습니다. 애초에 수사기관 및 사법기관이 아닌, 교육기관인 학교와 교육청의 권리와 법적 한계에 직면하면서 말이죠.

이 문제의 출발점은 막연한 '학교폭력'이라는 단어의 법적 정의에서 시작됩니다. 학교폭력에 대한 세상의 인식과는 달리, 아무 문제도 없었을 사소한 일들이 그 넓은 개념에 걸려들어 아이들은 언제나 사소한 불만이 있어도 법적으로 보장된 '신고'를 하게 됩니다.

그렇게 신고가 남발되는 과정에서 우리 아이들은 스스로 문제를 해결하는 방법을 배우지 못하게 됩니다. 조금만 불만이 있어도 학교폭력으로 신고를 해버리니, 가해자로 지목된 아이와 그 가정이 받는 상처도 쉽게 치유되지 못할 정도로 커져만 갑니다. 그리고 그런 서로의 억울함이 쌓여가면서 진정으로 반성이 필요한 가해자들도 반성하지 않게 됩니다. 모두가 만족하지 못하고, 성장하지 못하는 슬픈 공간으로 교실이 죽어가고 있습니다.

소중한 것들을 지켜야 하지만, 지킬 수 없는 냉혹한 현실의 한가운데에 있습니다. 이 글이 알려지는 것이 어쩌면 누군가가 악용할 수 있는 수단을 배워가는 셈이라 오히려 좋지 않다고 생각하며 원고를 꼭꼭 묵혀두었습니다. 하지만 이제는 모두가 진실을 보아야 할 때가 오고 말았습니다. 학교에서 존재하는 '학교폭력'이라는 것은 우리가 영화나 드라마에서 보는 그런 의미가 아닙니다. 누구나 피해자가 될 수 있고, 누구나 가해자가 될 수 있는 개념으로 전환되었습니다. 학교 밖에서 일어난 일도 피해자로 지목된 이가 학생이라면 '학교폭력'이라는 단어로 뭉뚱그려 정의됩니다. 아이들끼리의 사소한 다툼이나 언쟁도, 아무 증거 없이 한 아이가 기분 나쁘다고 신고한 일도, 잔혹한 범죄에 가까운 행위도 모두 '학교폭력'이라는 단어에 애매하게 뭉쳐지고 맙니다.

그 애매함과 흐릿함 속에서 우리는 진실을 바라보지 못하게 되었습니다. '학교폭력'이라는 단어의 무게감이 주는 끔찍한 의미의 표상적인 느낌만을 인식하게 되었습니다. 신고가 남발되고, 무분별하게 서로가 서로를 가해자로 지목하며, 다툼에 앞서는 비교육적인 세태를 맞이하게 되었습니다. 그 속에서 교사는 아이들을 보호하지 못하고, 진정한 의미에서의 '진짜 학교폭력' 피해자는 왜 교사가 우리를 지켜주지 못하는지 이해하지 못하고 아픔을 겪는 사건들이 반복되고 있습니다. 그렇게 학교폭력 신고제도는 타인을 괴롭히는 수단으로 전락하고 말았습니다.

오늘도 다양한 미디어 매체에서 '학교폭력'이 제대로 해결되지 않고, 피해자가 보호받지 못하는 모습을 자극적으로 이야기합니다. 그렇지만 어느 곳에서도 사건이 학교 밖에서 일어나도, 여름 방학에 해외에서 일어난 일이어도, 학원에서 일어나도 '학교폭력'으로 표현되는 것임을 알리지 않습니다. 아무 증거가 없어도 일단 신고하고 피해를 주장하면, 상대방을 최대 7일간 교실에서 쫓아낼 수 있음을 밝히지 않습니다. 그 속에서 선량한 아이들이 울고 다치고 있음을 바라보지 않습니다. 이 신고제도를 경험한 우리 아이들은 겁을 먹고, 두려워하고 있습니다.

진정으로 처벌을 받아야 할 범죄라면 범죄로서 취급받고 처벌을 받아야 할 것입니다. 하지만 범죄가 아니라 성장하는 과정에서 당연히 겪을 수 있는 작은 갈등이라면, 아이들은 대화하고 소통하며 지혜롭게 해결하는 방법을 배워야 할 것입니다. 그렇지만 오늘날 '학교폭력'의 단어가 주는 따가운 인식과 그 개념 정의의 폭넓은 확대에 의해 아이들은 성장할 기회, 보호받을 권리를 빼앗기고 말았습니다.

학교가 학교폭력 처리 과정에서 많은 신뢰를 쌓지 못했던 과거가 한스럽습니다. 하지만 그 이유만으로 잘못된 선택을 하면 안 됩니다. 아이들을 망치면 안 됩니다. 지금 학교와 교실에서 살아가는 우리 아이들이 사회적으로 인식하는 '진짜 학교폭력'을 저지르지 않았음에도, 학교폭력 신고 구조를 악용하는 어른들 때문에 고통받는 현실을 지켜보고만 있을 수는 없습니다. 오늘날의 학교와 교실에 머무르지 않는 어른들의 사고방식으로 현재의 교실을 바라보아서는 안 됩니다. 지금 이 순간 교실에서 성장하고 자라나는 우리 아이들이 다치도록 만드는 시스템을, 학교와 무관한 어른들의 옛 기억을 이유로 강요해서는 안 됩니다.

이야기를 쭉 읽어나가다 보면 아마 느끼시겠지만, 사실 주인공 광조는 운이 참 좋은 사람입니다. 자신을 위해주는 아이들을 만났고, 자신의 자리에서 최선을 다하는 동료와 관리자를 만났습니다. 그렇지만 광조의 1학기는 그렇게 마무리가 됩니다. 이 글을 현실에 비추어보면 조금 더 슬픈 이유이기도 합니다. 현실에서는 그렇게 운이 좋을 수 있을지 모르겠습니다.

우리들은 모두 광조였기도 하고, 광조이기도 하고, 광조가 될 수도 있습니다.

우리 아이들은 준혁이었던 적이 있기도 하고, 준혁이가 되기도 하며, 언젠가 준혁이가 될 수도 있습니다.

교실이 교실로서 세워질 수 있도록,
교사가 교사로서 가르칠 수 있도록,
학생이 학생으로서 배울 수 있도록,

모든 사회구성원이 학교와 교실의 현실을, 지금의 관점에서 있는 그대로 봐주길 기대하며 '학폭교사 위광조' 글을 이렇게 보냅니다.

마지막으로 감사 인사를 띄워 올립니다. 이 글에 담긴 메시지를 이해해 주시고, 세상에 나올 수 있도록 힘써 도와주신 파람북 정해종 대표님, 현종희 편집장님, 이승욱 디자이너님, 모든 직원분들. 정말로 감사합니다. 편집 과정 하나하나 모든 순간에서 따뜻한 배려를 가득 느꼈습니다.

모든 교육 공동체가 해당 문제의 심각성을 인식하고 함께 목소리를 내고 있음을 알려주시기 위해 정성스레 추천사를 적어주신 이예진 선생님, 신건철 선생님, 이상우 선생님, 고병연 연구사님, 이재호 교수님, 송미나 소장님, 공교육정상화 전략기획실에게도 감사합니다.

그리고 교실 속 아름다운 이야기를 작품으로 만들어가기 위해 오랜 기간 함께 노력해온 우리 꿈몽글 멤버들, 언제나 고맙습니다. 꿈몽글 멤버들을 응원해주신 모든 가족, 친구, 동료분들께도 이렇게나마 감사의 마음을 전하고자 합니다.

이 글은 소설입니다. 그리고 언젠가 과거의 모습을 담은 소설로만 머무르게 되길 바랍니다.

꿈몽글

차례

이 글은 소설입니다. 등장하는 인물, 사건, 배경, 기관명 등은 모두 허구의 내용입니다.

법적 내용도 실제 법률과 상이할 수 있습니다.

2021학년도 1학기

1화

사안번호: 21-001

【학교폭력예방 및 대책에 관한 법률】

제2조(정의) 1. "학교폭력"이란 학교 내외에서 학생을 대상으로 발생한 상해, 폭행, 감금, 협박, 약취·유인, 명예훼손·모욕, 공갈, 강요·강제적인 심부름 및 성폭력, 따돌림, 사이버 따돌림, 정보통신망을 이용한 음란·폭력 정보 등에 의하여 신체·정신 또는 재산상의 피해를 수반하는 행위를 말한다.

1. 복직

출근일이다. 적당히 늦지 않게 위광조는 길을 나섰다. 오랜만의 출근인지라 광조의 마음속엔 설렘과 두려움이 고루 섞여 있었다. 광조는 휴직했었다. 모종의 힘든 일이 있었다. 그래서 일 년 정도 푹 쉬다 왔다. 푹 쉬다가 온 그를 기다리는 건 그리 호락호락하지 않은 학교였다.

가담街談초등학교. 한 학년에 서너 반 정도로 구성된 적당한 규모의 학교다. 크지도 않고, 작지도 않은 그 학교에 '결코 작지 않은 일들'이 가득하다는 소문이 자자했다. 솔직히 광조도 좀 더 편안하게 학교생활을 하고 싶었다. 하지만 그를 찾는 사람이 있었다.

"복직을 서둘러주소. 자네니까 부탁하이."

가담초등학교의 교감, 나동현의 부탁이다. 한 학년을 아무도 맡으려 하지를 않는단다. 여러 학년이 전체적으로 난리인 데다가, 특히 6학년에 올라온 아이들의 작년 행보가 대단했던 모양이다. 뭐 그 정돈 각오했었다. 괜찮았다. 요새 학교에서 쉬운 학년이나 학급이 어디 있다고. 광조의 어깨를 무겁게 하는 것은 따로 있었다.

"자네가 생활부장을 좀 맡아줘야겠어. 학교 상황이 그렇네."

'그것은 좀 곤란합니다, 교감 선생님.' 이 말이 턱 끝까지 차올랐지만, 교감의 간절한 눈빛을 보고 말았다. 광조의 마음은 약해졌다.

"혹시 다른 선생님 중에서 맡아 줄 분이 안 계실까요."

하나마나한 질문이지만, 마지막 완곡한 거절의 뜻으로 광조는 말했다.

"오죽하면 복직을 부탁하면서 자네에게 이렇게 짐을 하나 더 맡기려 하겠나. 자네가 해줘야 할 상황이네. 우리 학교 분위기가 지금 심상치가 않아."

"하…. 교감 선생님."

거절의 말이 입에 가득했지만, 실제로 튀어나온 말은 달랐다.

“제가 혹시나 부족한 모습이 있어도, 잘 도와주시겠다 약속해주실 수 있으시죠?”

이미 뱉어버린 말이지만, 이게 최선의 대답이었을지는 아직도 잘 모르겠다.

“물론이지, 위광조 선생. 잘 부탁하이. 자네라면 잘할 거라 믿네.”

혹 이 글을 읽는 사람 중에 생활부장이란 자리가 어떤 의미인지 모를 수 있겠다. 짧게 그 의미를 담아 축약하면 다음과 같다. ‘교사 계의 3D 업무’. 중요하긴 중요하다. 오죽하면 부장 임명식에서 교무부장과 연구부장 다음으로 불리는 자리이겠는가. 그렇다고 서열 3위권이라는 말은 아니다. 그냥 그만큼 중요한 자리란 이야기지. 3D 업무라는 표현에 걸맞게 각종 추잡하고 더러운 일들을 감정을 추슬러가며 직접 처리해야 한다.

모든 악성 민원을 떠맡는 것은 기본이고. 심지어는 다른 학교와의 협업이 필요할 때도 있으며, 경찰서나 법원과 함께 처리해야 할 업무도 존재한다. 그 내용이 위광조의 하루하루일 것임은 물론이고. 그렇게 광조는 아무도 떠맡길 원하지 않는 학년, 아무도 맡지 않으려 하는 업무를 맡게 되었다.

2. 고민

“안녕하십니까, 교감 선생님.”

“오, 광조 왔는가.”

“예, 잘 지내셨지요.”

“물론이지. 어서 교장 선생님께 인사드리러 갑시다.”

똑, 똑.

“교장 선생님, 위광조 선생님 오셨습니다.”

“아이고, 위광조 선생님 반갑습니다. 앉아서 이야기 나누시지요.”

교장 수민서는 정년 퇴임 직전의 교장이었다. 사람 좋은 미소를 머금고 있었다.

"아시겠지만 올해로 제가 교직을 떠납니다, 광조 선생님. 마무리를 잘 하고 싶은 욕심도 아시겠지요, 하하. 그런데 좀 학교에 심상치가 않은 구석이 있어서요."

수민서가 미간을 찌푸리며 말을 이어갔다.

"올해 6학년 올라가는 아이들 말인데요. 위광조 선생님도 이 아이들을 가르치셨을까요?"

"아, 위광조 선생님과는 접점이 없었을 겁니다."

"예, 교감 선생님 말씀대로입니다. 보결수업 몇 번 들어간 게 전부입니다."

"그렇군요. 뭐 하여튼 간에 이 아이들이 작년부터 큼직큼직한 사건을 터트리더군요."

커피를 홀짝거리며 수민서가 말했다.

"그…. 누구였죠, 교감 선생님?"

"김수호, 유미하 두 학생 말씀하시려던 것 같습니다."

"예, 그 아이들을 비롯해서 전체적으로 분위기가 많이 흐려졌더군요."

바닥에서 서류 더미를 들어, 테이블로 올려두며 수민서가 말했다.

"이 서류들이 전부 올해 6학년에 올라가는 그 아이들에게 나온 상담 기록입니다. 어마어마하지요. 심지어 작년 학기 말에는 담임교사 두 분이 모두 병가로 이탈하게 되었어요."

한 권에 족히 500장은 넘을 문서 파일이 8권 정도. 담임교사들의 고충을 느낄 수 있었다.

"그래서 부득이하게 위광조 선생님의 복직과 동시에, 6학년 아이들의 지도와 생활교육 지도 전반을 부탁드리려고 합니다."

그렇게 어영부영 이야기를 마무리하고, 서류를 챙겨 광조는 6학년 1반 교실로 올라갔다. 6학년 담임과 생활부장. 쉽지 않은 업무 조합이긴 했다. 그것도 6학년이 학교에서 가장 큰 문제를 일으키는 학년이라니.

'하, 6학년 동학년 선생님들 조합이라도 부탁할 걸 그랬나.' 학생이 힘들면, 동료 교사라도 좋은 사람들이어야 이겨낼 일이란 말이 있으니. '누가 6학년 부장으로 오려나.' 광조의 근심이 깊어졌다. '설마 6학년 부장까지 맡기는 건 아니겠지, 설마….' 쓸데없는 걱정도 했다.

3. 시작

【학교폭력예방 및 대책에 관한 법률】

제14조 ⑤ 전담기구는 학교폭력에 대한 실태조사(이하 '실태조사'라 한다)와 학교폭력 예방 프로그램을 구성 · 실시하며, 학교의 장 및 심의위원회의 요구가 있는 때에는 학교폭력에 관련된 조사결과 등 활동결과를 보고하여야 한다.

바쁜 2월 말이었다. 광조는 같은 학년 교사 구성희, 성찬재와 인사를 나눴다. 학년 부장을 맡은 구성희는 20대 후반의 젊은 교사다. 의욕과 욕심도 있고, 다부진 성격이었다. 3반 교사를 맡은 성찬재는 둥글둥글 원만한 성격을 지닌 30대 후반 교사이다. 나름 교감이 광조를 배려해준 듯했다. 안심이 됐다. 동학년 선생님들과 함께 논의하며 아이들을 각 학급에 배정했다. 3월을 맞이하기 전의 광조는 여느 학기 초의 교사가 그렇듯 바빴다. 학급 아이들 이름 외우기, 학급경영 전략 세우기, 학급 내 관심 가져야 할 학생들 확인하기, 교우 관계 파악하기, 성적 파악하기, 학습 전략 세우기, 학년 및 학급 교육과정 세우기, 현장체험학습 계획 세우기, 교구 만들기, 온라인 학습 매체 제작하기, 코로나19 상황 대비 온라인 플랫폼 구축하기, 학부모 및 학생과 1:1 전화 상담 진행하기. 여기까지는 학급 담임교사로서, 그리고 학년 업무 분담 차원에서 당연히 해야 할 일들이다.

광조가 생활부장으로서 진행한 일들도 많았다. 가장 중요한 것은 학교폭력 전담기구 위원 추천 학교운영위에 올리기. 사실 전임자가 1~2월 중 처리했어야 할 일인데, 깜빡한 모양이었다. 추천이 결정되었다고 전달받은 명단 속 학부모 세 분이 모두 거절 의사를 밝혔다. 마침 학부모 세 명의 자녀가 다 광조가 보결수업을 하면서 친해졌던 아이들이었다. 직접 가르친 적은 없지만.

"아휴 어머님, 위원은 좀 부담스러우시다고요. 이해합니다, 이해하죠. 그나저나 나을이는 잘 지내지요? 아, 제가 나을이 담임이었던 적은 없습니다. 그래도 우리 나을이 제가 기억합니다. 보결수업 이후로 저랑 항상 복도에서 하이파이브도 하고. 예예, 맞습니다. 나을이가 이야기했군요.

그 교사가 접니다, 하하. 맞아요, 그 수업 뒤로 되게 친해졌죠."

원래 광조는 말이 많은 편은 아니다. 수줍음이 많다. 하지만 학기 초 학교폭력 전담기구 위원 추천 완료가 안 되어 있다면 어떤 비극이 일어나는지 알기에, 학부모 위원 위촉을 서둘러야 했다. 다행스럽게도 광조가 쥐어 짜낸 애교와 호소 덕에 학부모들이 흔쾌히 학교폭력 전담기구 위원을 맡아주기로 했다. 이후 위기관리위원회, 생활교육위원회, 학업중단예방위원회 등 각종 위원회도 차례로 구성했다. 학교폭력 예방 교육 계획, 어울림 프로그램 계획, 생명존중 교육 계획 등 각종 계획 문서도 기안했다.

이제 전투 준비는 끝났다.

4. 애정

【초·중등교육법】

제17조(학생자치활동): 학생의 자치활동은 권장·보호되며, 그 조직과 운영에 관한 기본적인 사항은 학칙으로 정한다.

광조의 3월은 행복했다. 아이들이 착했다. 물론 말을 안 듣는 아이들도 있었다. 그래도 6학년이 이 정도면 참 착하다 싶었다. 광조의 반 아이들은 남학생 14명, 여학생 7명의 성비였다. 남학생이 많으면 그 반은 붕뜨기가 쉽다. 아무래도 성비가 1:1로 맞아떨어질 때랑 비교하자면 더 역동적이고, 더 시끄럽다. 그 점을 생각해보면, 이런 구성에 이 정도의 학급 질서가 유지되는 것에 광조는 만족했다.

광조네 아이들은 광조에게 관심이 많았다. 광조가 맡은 업무가 무엇인지를 궁금해했고, 광조가 바쁠 때면 대체 무슨 일이 있는 걸까 알고 싶어 했다. 광조는 이런 아이들의 마음을 긍정적으로 활용할 수 있겠다 싶었다. '또래상담'이라는 프로그램에 아이들을 참여시키기로 했다. 마침 광조네 학교는 상담교사가 없어서 상담 프로그램에 대한 기획과 진행도 광조의 업무였다.

"선생님이 학교폭력을 막기 위해 팀을 하나 만들려고 한다. 관심 있는 사람 있어?"

아이들 모두가 손을 들었다. 정말 학교폭력을 막기 위한 목적을 이루기 위해서는 광조네 반으로만 프로그램을 꾸릴 순 없었다. 열정 있는 아이들을 추려서 팀을 꾸렸다. 그렇게 한 달이 가고, 두 달이 가고 광조와 아이들은 호흡이 꽤나 잘 맞아떨어졌다.

광조가 학교폭력 관련 상담으로 머리를 굴리고 있을 때면, '아, 우리 담임 선생님이 또 뭔가 문제가 있구나.' 싶은 마음인지 아이들은 더욱 집중해서 수업을 잘 듣곤 했다. 그런 아이들이 더 기특해서 광조는 되도록 수업 시간에는 업무로 인한 스트레스를 티 내지 않으려 했다. 아이들과 함께 하는 시간은 즐거움으로 가득 차길 바랐다.

5. 다툼

【제17조(가해 학생에 대한 조치)】

① 심의위원회는 피해 학생의 보호와 가해 학생의 선도·교육을 위하여 가해 학생에 대하여 다음 각호의 어느 하나에 해당하는 조치(수 개의 조치를 동시에 부과하는 경우를 포함한다)를 할 것을 교육장에게 요청하여야 하며, 각 조치별 적용 기준은 대통령령으로 정한다. 다만, 퇴학 처분은 의무교육과정에 있는 가해 학생에 대하여는 적용하지 아니한다.

1. 피해 학생에 대한 서면사과
2. 피해 학생 및 신고 · 고발 학생에 대한 접촉, 협박 및 보복행위의 금지
3. 학교에서의 봉사
4. 사회봉사
5. 학내외 전문가에 의한 특별 교육 이수 또는 심리치료
6. 출석정지
7. 학급교체
8. 전학
9. 퇴학 처분

따르르릉. 퇴근 후 저녁 무렵, 전화벨이 울렸다.

"하, 선생님 죄송해요."

3학년 2반 담임교사의 목소리였다.

"아이 둘이 장난을 쳤는데, 한 아이 부모가 친구들과 장난치다 생기는 거, 신고하고 싶다고 몇 번 상담해왔어요. 이 부모 딴에는 오래 참았거든요. 이제 학교폭력으로 넘겨야 할 것 같아요. 바쁘신데 정말 죄송해요."

죄송할 일은 아닌데, 이렇게 담임교사는 죄송함을 표현하게 된다. 위광조는 담담하게 괜찮다고 했다. 어떤 내막인지 물어보았다. 고현, 희수 두 아이가 급식 먹으러 가기 전 화장실에서 손을 씻고 있었다.

둘은 달리기 시합을 하기로 했다. 화장실을 나가 복도를 달렸다. 시합 과정에서 실랑이가 조금 있었다. 희수는 고현을 '메롱'이라고 놀리고는 깔깔 웃으며 달려갔다. 그러다가 학교 밖 현관까지 나가서는 현관 밖에서 문을 덜컹거리며 고현을 기다렸다. 이게 전부였다. 대부분의 학교 신고가 그렇듯, 뭔가 참 애매한 면이 있는 사안이었다.

'나의 학교폭력 첫 번째 사안 처리도 역시나 이런 내용으로 시작되는구나.' 광조는 쓴웃음을 지으며, 선배들이 들려주던 시시껄렁했던 학교폭력 썰들을 떠올려보았다. 그때는 그런 것도 학교폭력으로 신고가 된다는 사실이 우습기만 했었다.

"선생님, 혹시 양측 부모와는 통화해보셨나요?"

"아니요. 저는 질려버렸어요. 아마 고현이네 부모는 제 말을 듣지도 않을 걸요."

담임교사와 가정의 신뢰가 깨진 상태인가. 상당히 곤란한 상태였다. 사소한 다툼일수록 담임교사가 어떻게 개입하고 가정과 어떻게 연락했느냐에 따라 사안의 무게감이 달라진다. 광조는 부드러운 어조로 말했다.

"선생님 학급의 가정이라서, 선생님께서 양측 입장을 다시 확인해보시는 건 어떨까 해서요. 특히 가해 학생 측에서는 제가 바로 연락드리면 놀라실 수도 있거든요."

"선생님, 제가 전화할 거면 선생님께 연락도 안 드렸죠. 매뉴얼 상으로 학교폭력 신고 과정은 제가 개입할 수 없는 것 아닌가요? 책임교사가 다 진행하셔야 하는 것으로 아는데요."

광조는 순간 머리가 아팠다. 담임교사와 다툴 시간은 없었다. 그냥 담담히 자신이 연락을 취할 터이니, 학생과 보호자 연락처를 달라고 했다. 가장 먼저 신고를 원하는 학부모 측에 전화를 걸었다. 상대가 무엇을 원하는지를 파악해야 한다.

"안녕하세요, 고현이 어머님이시죠?"

"아, 예 맞습니다."

목소리가 차갑고 데데하고 쎄한 느낌이었다.

"가담초등학교 생활담당 교사 위광조라고 합니다. 학교폭력 신고를 원하신다고 하셔서 연락드리게 되었습니다."

"하."

깊은 한숨이 들리더니 격앙된 목소리로 말을 꺼내기 시작했다.

"학교가 그래도 됩니까? 아이들이 심각한 장난을 쳤는데, 담임교사는 아무런 제지도 없이 그냥 아이들을 돌려보냈어요. 전 이번 사안 가만 안 넘깁니다. 끝까지 갈 거구요. 상대 아이 강제전학 요구할 겁니다."

강제전학. 그게 여기에서 나올 단어인지는 모르겠다. 어쨌든 어떤 상황에서도 학교폭력 담당 교사는 어떤 사안 판단도 하지 말라고 선배들이 그랬었다.

"네, 어머님. 많이 놀라셨을 마음은 이해합니다. 우선 학교폭력 사안 처리 과정을 안내해 드리겠습니다."

달래는 말을 살짝 꺼낸 후, 광조는 학교폭력 사안 처리 과정을 설명했다. 학교폭력 사안 처리 과정은 다음과 같다.

신고가 들어온 즉시, 학교는 해당 사안을 교육청에 보고 및 접수한다. 피해를 주장하는 피해 학생, 가해자로 지목된 가해 학생의 입장을 듣는다. 그리고 보호자는 보호자 확인서를 통해 의견을 제출한다. 이 과정을 거친 후 교내의 학교폭력 전담기구 위원들이 모여 해당 사안의 경중을 따진다.

이때 학교폭력 전담기구는 처분 권한이 없다. 단지 이 사안이 교육청에 있는 학교폭력대책심의위원회로 갈 사안인지 아닌지를 판단할 뿐이다. 설령 학교폭력 전담기구 위원들이 해당 사안이 심의위원회로 갈 사안이 아니라 판단해도, 피해자 측이 심의위원회로 가길 원하면 바로 심의위원회로 사안은 이관된다.

반대로 피해자 측이 그냥 학교 내에서 잘 해결하는 학교장 종결제에 동의하면 사안은 마무리된다. 사실상 전담기구 위원들이 판단하는 것은 사안 과정에 어떤 영향도 미치지 않는다. 아마 과거 학교폭력을 숨기려 했던 학교의 대처에 문제점이 많았기에 바뀐 구조이리라. 예전의 학교폭력대책자치위원회의 역할 중 상당 부분이 교육청으로 넘어가도록 개선된 내용이기도 하다. 하지만 학부모들은 이런 내용을 잘 모를 수밖에 없다. 그래서 거듭 이 과정을 반복하여 설명한다.

"아, 설명은 됐구요. 그러니까 우리 아이가 입은 육체적 정신적 피해, 강제전학으로 보상받을 겁니다. 상대 아이는 강제전학 갈 준비하라고 말 전해주세요."

고현의 모가 방금까지의 광조의 설명을 잘 들은 건지는 모르겠다. 복도를 달리며 놀다가 '메롱'이라고 놀렸다는 이유로, 현관문을 닫고 밖에서 기다렸다는 것으로, 강제전학을 요구하는 피해 학생 부모의 말을 가해 학생 측에게 어떻게 전해야 할까. 마음이 답답했다. 광조는 우선 위로의 인사를 전하며 통화를 마무리했다.

"어머님, 안녕하세요. 가담초등학교 생활담당 교사 위광조입니다."

가해자로 지목된 희수의 모에게 전화를 걸었다. 사안의 내용과 학교폭력 사안 처리 과정을 설명했다.

"휴, 아이들이 놀다 보면 그럴 수도 있을 것 같긴 하지만…."

희수의 모는 말끝을 흐렸다.

"상대 어머니는 뭐라고 하시던가요?"

사실대로 말해야 할까, 우선은 마음을 달래야 할까. 선배들은 이럴 때면 그냥 사실대로 말하라고 했다. 하지만 광조는 강제전학이라는 단어가 우발적이고 감정적으로 나온 단어이리라 생각했다. 양쪽의 다툼이 심각해지는 것을 원하지는 않았다.

"많이 속상한 마음을 드러내셨습니다."

최대한 순화하여 말했다.

"상대가 많이 화가 났다면 제가 무릎이라도 꿇고 사과를 하고 싶은데, 어떻게 방법이 없을까요?"

여러 학교의 선례에서 그렇듯, 피해자 측과 가해자 측이 직접 대면하게 되면 끔찍한 일이 일어난다. 사실 막연하게 생각할 때엔, 가해자 측이 사과하겠다면 그냥 만나면 되는 것 아닌가 싶다. 그러나 실제로 그렇지가 않다. 보호자들이 서로 만나면, 그러니까 학교폭력 신고로 갈등 관계에 놓인 아이들의 부모가 서로를 대면하면, 문제는 오히려 커지게 된다. 여러 학교에서의 사건들이 그것을 증명한다. 보호자는 아마 학교에서 그런 대화의 장을 마련해주길 기대했을지도 모른다. 하지만 이것은 어렵다. 학교가 개입할 수 없는 영역이다. 광조는 두 분이 직접 대면하는 것은 당장 어려우나, 그 마음을 진솔하게 상대에게 전달하겠다고 약속했다.

"아니, 그런데 담임 선생님은 뭐하시길래 지금 선생님께서 전화를 주신 거죠? 담임 선생님이 진작 알려주셨으면 신고 과정 전에 화해하거나 제가 사과드리거나 했을 수 있었을 텐데요."

광조가 걱정했던 말이 나왔다.

"담임 선생님께서 충분히 지도하고 화해를 위해 노력하신 것으로 압니다. 다만 상대방이 많이 속상해하는 부분이 있어 그런 것 같습니다."

그래도 학교 측의 대처가 많이 아쉽다는 말, 광조가 바로 전화를 해서 놀랐다는 이야기가 나왔다. 이런저런 말로 달래며 통화를 마무리했다.

따르르릉. 새벽 1시였다. 번호는 희수 모친의 연락처였다.

"여보세요."

"엉엉, 선생님 이건 아닌 것 같아요."

울음 소리와 함께 말이 이어졌다.

"우리 아이가 뭘 잘못했다고 그러죠? 우리 아이 착한 아이인데 고작 같이 놀며 달리다가 '메롱'이라고 놀리고, 현관문을 덜컹거리며 기다렸다는 이유로 학교폭력 가해자가 되어야 하나요? 평생 희수가 가해자란 기록을 갖고 살아야 하나요? 세상 그런 법이 어디에 있죠. 학교에선 교육적인 대처를 완벽히 잘한 것인가요?"

자다가 깬 광조는 어디부터 말을 꺼내야 할지 감이 안 왔다. 덩달아 흥분할 수는 없다. 상대방의 마음을 최대한 헤아리며 다독이고자 했다.

"어머님, 마음 차분히 다잡으시고요. 아까도 말씀드렸지만, 학교폭력 신고를 했다고 무조건 가해자로서 기록이 남는 건 아닙니다. 1~3호의 경우 기록이 유예되고, 설령 기록이 남는 처분을 받는다고 하더라도 졸업할 때와 졸업 이후 삭제 요건에 해당하면 삭제가 되고요. 무엇보다 교육청에서 외부위원들이 양쪽의 입장을 모두 잘 듣고 지혜롭게 판단할 겁니다."

희수 모의 속상함이 어떤 부분인지 파악하며 차근차근 설명했다.

"하, 다 떠나서 제가 이런 설명을 담임 선생님이 아니라, 생활부장 선생님께 바로 들어야 한다는 게 참 속상하고 마치 버려진 것 같은 기분도 들어요."

그게 아니라고 거듭 달랬다.

아침이 밝았다.

6. 대화

광조는 마음이 착잡했다. 일단 지금 이 상황에서 담임교사가 곤란해질 것이 가장 먼저 생각났다. 피해 학생의 보호자도, 가해 학생의 보호자도 학교에 호의적이지 않다. 게다가 가해 학생 측은 담임교사의 설명이 없었던 것이 불만임을 직접 표현했다. 이런 상황을 광조는 미리 예견해 담임교사에게 담임으로서 먼저 연락할 것을 요청했었다. 하지만 담임교사는 이를 거절했다. 학교폭력 사안 처리 과정에 담임교사가 포함되는 것이 맞냐는 이유에서였다.

아직 업무를 시작한 지 몇 달이 되지 않은 광조는 그런 내용까지 하나하나 파악하진 못했다. 일반적으로는 담임교사가 자신이 지도하는 학급의 아이와 보호자에게 연락하는 게 맞다고 당연하게 생각해왔던 터다.

출근길에 교장 수민서와 마주쳤다. 수민서에게 신고된 사안에 대해 간단히 보고했다. 수민서는 담임교사도 해당 사안을 잘 알고 있는지 물어봤다. 광조가 대답하려는 찰나, 3학년 2반 담임교사 고수아가 지나갔다.

수민서가 물었다.

"고수아 선생님, 학교폭력 사안이 접수되었다고요?"

"네, 교장 선생님."

고수아가 간략히 사안에 대해 이야기를 했다.

"저, 그런데요."

수민서는 말을 이었다.

"학교폭력 사안 같은 경우는, 이러니저러니 해도 담임 선생님의 관심이 많이 중요한 것 같습니다. 사안 중간중간 과정마다 양측 부모님께 따뜻한 연락을 부탁드릴게요."

고수아는 고개를 갸우뚱하며 말했다.

"하지만요, 교장 선생님. 학교폭력 사안이 접수된 이후부터는 전적으로 학교폭력 담당 선생님이 일을 진행하시는 게 맞지 않을까요?"

수민서가 다소 불만스러운 표정을 지으며 말했다.

"원칙과 매뉴얼을 이야기하는 것이라면, 담임교사가 본인의 학급에 속한 아이와 부모의 마음을 이해하고 상황을 진정시키는 것도 중요한 원칙 아닐까요."

그렇게 대화는 흐지부지 끝났고 중간놀이 시간이 되었다. 광조는 학교폭력 신고를 한 고현을 불렀다. 고현과 광조는 3학년 교원연구실에 마주 앉았다.

광조가 물었다.

"고현이는 요새 학교생활 어떠냐."

고현은 말했다.

"음…. 그냥 그래요. 큰일은 딱히 없어요."

"그래, 그렇구나. 큰일이 없다면 다행이다. 고현이는 혹시 지난번에 있었던 일에 대해 말해줄 수 있니?"

"무슨 일이요?"

고현의 눈이 동그래졌다.

"그, 희수랑 같이 있었던 일 말야."

광조는 손을 빙빙 돌리며, 예전 일을 회상해보라는 표정을 짓고 말했다. 그래도 고현은 곧장 대답하지 못했다. 얼굴을 잔뜩 찡그리고 기억을 짜내더니, '아!' 하고 탄성을 질렀다.

"선생님, 혹시 그거 말하는 건가. 희수가 저한테 메롱하고, 소리치고 도망간 거!"

"어어, 맞아. 그 일이야. 혹시 그때 고현이는 마음이 많이 상했니?"

"맞아요, 기분 나빴어요. 같이 놀다가 갑자기 '메롱!'하고 놀리는데 진짜 얄밉더라니까요."

광조는 고현이의 마음을 이해한다는 듯 고개를 끄덕이며 질문을 이어갔다.

"평상시에 고현이랑 희수는 어떤 사이니?"

"희수요? 제 베스트 프렌드죠! 제일 친한 친구예요."

광조는 어안이 벙벙해졌다. 잠깐만. 나는 지금 학교폭력 신고를 처리 중인데, 이 둘이 제일 친한 친구라고? 고현의 마음을 더욱 자세히 들어야 할 필요가 있었다.

"아, 그래. 둘이 얼마나 친한데?"

"제가 2학년 때 전학 온 거 선생님은 모르죠? 저 2학년 때 전학 왔어요. 저기 강원도에서요."

고현의 눈을 지긋이 바라보며 광조는 더 말해보라는 듯 고개를 끄덕였다.

"강원도에서 저 친구 엄청 많았어요. 인기 많았어요. 다 저랑 놀려고 했어요."

갑자기 친구 관계를 자랑하는 고현의 말에서 왠지 모를, 어린아이의 내면에 자리 잡은 다소간의 불안감이 느껴졌다.

"근데 전학 와서 친구가 없으니까, 좀 답답했어요. 근데 희수가 저하고 많이 놀아줬어요."

학교폭력 가해자로 지목된 아이가 '많이 놀아줬다'라…. 그것도 피해자의 입에서 나오는 설명이라니. 광조의 머릿속이 하얗게 멍해지기 직전이었다. 광조가 손을 들고 잠시 자기 말을 들어주라며 고현을 제지했다.

"그래, 꽤 그렇게 친했던 친구였구나. 근데 어제 다툼이 심각해서 많이 속상했었고?"

"엥? 아, 물론 메롱이라고 놀리고 도망간 건 기분 나쁘긴 했는데요. 뭐 다툼이라고 선생님이 말할 정도는 아닌데. 그냥 늘 그러고 놀아요."

명확해졌다. 아이는 학교폭력 신고를 원치 않는다.

"그럼 고현이는 희수를 학교폭력으로 신고하길 원하니?"

"네? 학교폭력이요?"

"응, 학교폭력. 어머니가 고현이에게 있었던 일을 학교폭력으로 신고하셨거든."

"뭐지? 안 하고 싶은데. 근데 그거 하면 어떻게 돼요?"

학교폭력 신고 절차에서 가장 중요한 것은 학생의 의사다. 그래서 그 과정을 학생이 충분히 이해해야 할 필요가 있다. 광조는 학교폭력 신고 과정을 자세히 설명했다. 어쩌면 두 아이 모두 상처 없이 일이 쉽게 끝날 수 있겠다 싶었다. 고현은 이해했다는 듯 고개를 끄덕이며 말했다.

"아, 그러니까 신고하면 희수가 벌 받을 수 있는 거죠? 그럼 저 할래요. 재밌겠다!"

아니, 뭐라고? 광조는 다시 머리를 망치로 한 대 얻어맞은 것 같은 기분이 들었다. 둘이 친구라며. 베스트 프렌드라며! 전학 온 뒤로 그렇게 잘해준 아이라고 하지 않았나. 신고를 원하지 않는다고 방금 전까지 말했잖아. 그런데도 재밌겠으니 신고를 하겠다고!

"고현아, 선생님 말 잘 이해한 거 맞지? 지금 신고를 하겠다고 하면, 희수가 잘못한 것으로 가해자로 지목되어서 학교폭력 정식 신고 절차를 밟게 되는 거야."

"네, 저 잘 이해했어요. 그거 해볼래요. 재밌을 것 같아요."

당황하는 감정에 매몰되어 낭비할 시간이 없었다. 곧 수업이 시작될 것이다. 담임을 맡고 있는 광조는 다시 광조의 학급으로 돌아가야만 한다. 짧은 시간 안에 아이의 생각을 더 이해해야 할 필요가 있다고 느꼈다.

"고현아, 아까 고현이가 말해준 전학 왔던 이야기 좀 들어볼까? 어떻게 강원도에서 여기까지 전학을 오게 되었어? 선생님은 강원도 한두 번 밖에 못 가봐서 되게 아쉬웠는데. 강원도 살기 참 좋았지?"

학교폭력 사건 때문에 이야기를 캐묻는다는 느낌을 지우기 위해, 분위기를 환기하며 질문을 했다.

"음, 이건 비밀인데. 선생님은 제 말 잘 들어주는 분 같아서 말씀드리는 거예요. 부모님한테 말 안 한다 약속할 수 있어요?"

"어어, 물론이지. 비밀 지키는 게 내 업무인데, 뭐."

"있잖아요. 저는 부모님이 맨날 싸우는 게 싫어요."

고현의 말은 휙휙, 광조가 전혀 예상하지 못한 방향으로 핸들을 꺾는 드리프트의 연속이었다.

"저 강원도에서 친구 많았다 했잖아요. 그땐 저 성격 밝았거든요? 근데 부모님이 여기로 이사 온 뒤로 맨날 싸워요. 저녁마다 맨날 막 화내고. 그것 때문에 무서워요. 그 뒤로 친구도 더 잘 못 사귀겠어요."

"아, 그래서 아까 강원도에서는 친구 많았다고 말해준 거구나?"

"네, 진짜예요. 저 인기 많았어요. 근데 전학 온 뒤로는 늘 기분이 안 좋아요."

"혹시 친구들이나 선생님과 문제는 없지?"

"네, 선생님도 잘해주고요. 친구들도 잘해줘요. 그건 좋은데, 제가 자신감이 없어요."

"그런데 고현아. 내가 듣다 보니까, 그 잘해주는 친구 중 한 명이 희수 아니었어? 희수는 왜 학교폭력으로 신고하려고 하는 건지 혹시 물어봐도 되니."

광조가 가장 알고 싶은 질문을 던졌다. 어떤 맥락에서 희수가 학교폭력으로 신고가 되어야 하는지 감이 안 잡혔다. 고현은 희수와의 문제를 전혀 문제라고 생각하고 있지 않았다. 처음부터 학교생활엔 큰 문제가 없었다고 했다. 광조가 희수의 이름을 꺼내 질문을 꺼낸 뒤에야 한참 후 그 일을 떠올렸다. 게다가 학교폭력으로 고현의 모가 신고를 한 것도 모르고 있었다. 희수를 제일 친한 친구로 꼽았으면서, 이 이야기를 다 듣고는 신고를 하고 싶다고 한다. 이제 막 3학년이 된 어린이 특유의 화법을 한동안 휴직을 하다 돌아온 6학년 담임 광조가 다 이해하기는 어려운 일이었을 테다. 이야기 방향을 급격하게 바꾸는 그 속도감이 낯선 탓이기도 하니까. 하지만 근본적으로 광조로서는 고현이 가진 생각의 흐름과 과정 자체가 이해하기 어려웠다.

고현은 씩 웃으며 대답했다.

"재밌잖아요."

이렇게 광조의 첫 학교폭력 피해자 면담은 끝났다.

7. 불만

【학교폭력예방 및 대책에 관한 법률】

제19조(학교의 장의 의무) ②항: 학교의 장은 학교폭력을 축소 또는 은폐해서는 아니 된다.

광조의 마음은 무거웠다. 피해 학생은 사실 존재 자체를 잊고 있었던 가벼운 사안이었다. 피해 학생의 보호자가 신고를 원해서 접수가 이루어졌다. 피해 학생이 전학 온 후 가장 잘 대해주었다는 아이가 가해 학생으로 지목되었다. 재미있겠다는 이유로 신고를 하겠다고 한다. 이런 과정으로 학교폭력 사안 처리가 이루어져도 되는지 의문이 들었다.

수업 시간 내내 수업이 손에 잡히지 않았다. 다음 쉬는 시간에 가해 학생으로 지목된 희수와 교재연구실에 앉았다.

"희수는 이번 일을 어떻게 생각하니?"

"엄마한테 많이 혼났어요. 장난이 심했던 것 같아요."

희수는 어깨가 축 처진 채 힘없이 말했다.

"그냥 원래 늘 하던 대로 놀았던 거라 뭐가 뭔지는 잘 모르겠어요."

"그래, 희수 마음도 이해는 된다. 하지만 학교폭력 신고가 들어온 거라, 과정대로 처리가 될 거야."

"선생님, 저 정말 학교폭력 신고되는 건가요? 그냥 같이 장난쳤을 뿐이잖아요?"

광조의 마음이 착잡했다. 희수의 말이 이해가 됐다. 진짜 학교폭력다운 학교폭력을 처리하고 있다면 이런 감정은 없었을 것이다. 가해자가 명확하고, 잘못된 행위가 여실히 드러나 있다면 말이다.

"선생님도 희수 마음을 조금은 알 것 같아. 같이 놀다가 그런 것 같고. 서로의 의견이 다른 부분도 없어. 아마 각자의 의견을 잘 반영해서 논의될 것 같다."

광조는 최대한 희수의 마음을 달래주기 위해 애쓰며 말했다. 수업이 끝나고 오후 업무시간이 되었다. 고현의 모와 간단히 통화했다.

"안녕하세요, 어머니. 생활담당 교사입니다."

"아, 네…."

"오늘 고현이와 이야기 나눠보았습니다."

"네, 그러셨어요."

퉁명스러운 대답이 이어졌다.

마음을 가다듬고 광조는 차근차근 말했다.

"고현이는 어떤 일이 있었는지 기억하지 못하더라고요. 그래서 희수와 있던 일을 간단히 읊어줬습니다."

"그래서요?"

신경질적인 대답이 전화기 스피커 너머로 전해졌다.

"어머니께서 학교폭력 신고한 걸 모르고 있었던 것 같았습니다. 혹시 고현이와 이 부분도 이야기 나눠보셨는지요."

광조도 안다. 학교폭력 신고는 신고한 사람이 절대적인 갑의 위치다. 그들의 기분을 상하게 해서는 안 된다. 광조의 교직 선배가 그렇게 누누이 강조했던 부분이었다. 조금만 수틀리면 그들은 '학교폭력을 은폐하려는 학교의 옹졸한 행태'로 학교의 모든 노력을 평가절하하게 된다. 그들과 학교가 적이 되는 순간, 모든 법의 화살은 학교를 향하게 될 것이다. 그렇다 할지언정 광조는 자기가 만난 첫 번째 학교폭력 사안에 대해 전혀 공감하지 못했다.

광조가 생각할 때, 아무 잘못도 없는 학생이 그냥 '매뉴얼'대로 처벌받는 것은 교육이 아니라 생각했다. 이건 교사로서 올바른 방향이 아니란 생각이 들었다. 대놓고 이걸 학교폭력이다, 아니다 정의를 내리며 신고자의 심기를 거스를 생각까진 없었다. 다만 이대로 흘러가게 내버려 두기엔 마음이 불편했다. 그래서 이 사안을 신고한 사람의 생각을 듣고 싶었다. 본인의 자녀는 이 사안에 대해서 기억하지도 못하고, 사안을 신고한 지도 모르는 것을 인지하고 있는지 궁금했다. 정말 이것이 학교폭력으로 신고할 사안이고, 강제전학을 요구할 그런 일이라 진심으로 믿고 있는지 확인하고 싶었다.

"제가 고현이랑 이야기를 나눠보았든, 나누지 않았든 그게 무슨 상관이죠? 제 자식 일이고, 전 제 자녀가 겪었을 그 사건에 대해 화가 나는데요."

"어머님 마음 충분히 이해합니다. 다만 저는 교사로서 고현이의 상황이 걱정되어서요. 고현이가 전학 온 이후 가장 잘해준 친구가 희수인 건 알고 계신가 해서요."

광조는 최대한 진정성 있게, 마음을 전하기 위해 한 마디 한 마디, 꾹꾹 마음을 담아 말했다. 더 나은 해결 방향을 함께 찾을 수 있을 거라 믿었다.

"선생님, 지금 그래서 어쩌자는 거죠? 학교폭력 신고하지 마라구요? 아, 뭐 은폐라도 하게요?"

숨이 턱 막혔다. 그래, 상대는 나와 생각이 전혀 다르다. 그걸 인정해야 한다. 잘못하다가는 '모 초등학교, 생활부장 교사가 학교폭력 은폐 시도' 같은 헤드라인의 기사가 포털 사이트 첫 페이지에 실릴지 모르겠다는 불안감이 엄습했다. 늘 그래 왔듯이.

"아닙니다, 어머님. 학교폭력 신고는 절차대로 진행됩니다. 다만 고현이의 교우 관계나 사안의 내용 등을 잘 파악하고 계신 것인지 확인하고자 연락 드린 것일 뿐이죠. 지난번에도 안내를 드렸습니다만, 학교폭력 신고는 신고자의 뜻대로 이루어집니다. 학교나 다른 외부인의 판단이 아니라 신고자가 원하면 심의위원회도 무조건 가는 구조이고요."

광조의 설명이 길어졌다.

"네, 안내 감사하구요. 전 지난번 말씀드렸듯 끝까지 갈 겁니다. 강제전학 보낼 겁니다."

통화를 안 하느니만 못했구나 싶었다.

광조의 마음이 더 무거워졌다. 회의를 마무리하고 각종 공문을 처리하고 나니 5시가 되었다. 접수보고서에는 피해 학생이 신고한 내용, 피해 학생이 요청하는 것 등이 간단히 들어간다. 다음과 같은 내용을 작성했다.

'함께 달리기를 하다가, 가해 학생이 메롱 소리를 내며 놀리고 도망감. 이후 현관문 밖에서 문을 덜컹거리며 기다림. 피해 학생은 신고를 원하며, 피해 학생의 보호자는 가해 학생의 강제전학을 요구함.'

교감의 구두 결재를 받고, 교육청에 학교폭력 접수보고서를 팩스로 보냈다.

8. 정석

광조는 학교폭력 가이드북을 찬찬히 읽어 내려갔다. 8쪽을 폈다. 학교폭력의 개념과 유형에 대한 관련 조항이 나와 있었다.

> '학교폭력'이란 학교 내외에서 학생을 대상으로 발생한 상해, 감금, 협박, 약취·유인, 명예훼손·모욕, 공갈, 강요·강제적인 심부름 및 성폭력, 따돌림, 사이버 따돌림, 정보통신망을 이용한 음란·폭력 정보 등에 의하여 신체·정신 또는 재산상의 피해를 수반하는 행위를 말한다.

그 내용을 토대로 광조는 생각했다. 학교 안에서든 밖에서든 학생이 피해자면 학교폭력으로 간주한다…. 얼마 전에 언론에서 나온 방과 후 시간에 아이들이 싸운 사건이 학교폭력으로 처리된 사안이라든지, 학원에서 서로 다툰 일을 학교폭력으로 신고했다든지 하는 일들이 존재하는 바탕이 이 문구일 것이다. 그래, 다투는 사안도 학생을 대상으로 어떤 행위가 있긴 한 거니까. 결과적으로 신체 · 정신, 재산상의 피해를 수반하는 행위라. 지금 두 아이 사이에서 있었던 일은 어떤 피해를 수반했을까. 알 수가 없네. 오히려 가해자로 지목된 학생이 정신적으로 괴로워하고 있는 것 아닌가?

학교폭력의 유형은 무엇으로 분류해야 할까. 언어폭력? 딱히 언어적으로 가해를 가한 바는 없다. 금품갈취는 전혀 아니고. 강요? 의사에 반하는 행동이었을까. 따돌림은 아니고. 같이 놀고 있었던 거니까. 성폭력은 절대 아니고. 아, 아닌가? 혹시 화장실에서 다른 일이 혹시 더 있던 거면 어떡하지. 설마 아니겠지. 사이버폭력은 이번 사안에서는 고려할 필요가 없고. 교육청에 접수했을 때는 '신체폭력'으로 표기하긴 했다. 그나마 이게 제일 가깝다고 생각했다. 하지만 이것이 정말 신체폭력일까. 맞게 접수하긴 한 걸까. 이 모든 것을 교사가 이틀 안에 판단해서 교육청에 보고해야 한다니. 광조의 머릿속이 복잡해질 때쯤, 하단에 다음과 같은 유의사항이 진한 글씨로 적어져 있었다.

[유의사항] 사소한 괴롭힘, 학생들이 장난이라고 여기는 행위도 학교폭력이 될 수 있음을 인식할 수 있도록 분명하게 가르쳐야 함.

그렇다. 가이드북은 분명하게 말하고 있다. '사소한 괴롭힘'도 학교폭력이다.

다음 쪽으로 넘어갔다. 사안 처리 흐름도였다. 간략하게는 파악하고 있었지만, 진짜 이제 처리해야 한다 생각하니 글자가 더 눈에 잘 들어왔다. 초기대응 및 사안 조사 단계는 끝났고 전담기구 심의가 남았구나.

많은 이들이 아직도 잘 모르고 있겠지만, 전담기구 심의는 아무런 의미가 없다. 전담기구에서는 학교장 자체해결 요건에 충족하는지 확인만 할 뿐이다. 설령 학교장 자체해결 요건에 충족한다는 결론을 내린다고 할지라도, 신고자가 심의위원회로 사안을 이관하길 원하면 반드시 심의위 절차로 넘어가게 된다. 그렇기에 학교장 자체해결로 결론이 난 사안에 대해서는 어떠한 징계도 내릴 수 없다. 처분이라는 것은 오직 심의위원회에서만 내리는 것이다. 학교는 처분과 무관하다.

심의위원회를 거치지 않고 학교장 자체해결 후 가해 학생에게 같은 사유에 대해 별도의 징계를 주는 것은 불법에 해당한다. 이런 문제로 여러 학교에서 난리가 났었다고 선배가 말해준 적이 있다. 그렇지만 이런 과정을 잘 모르는 사람들은 학교장 자체해결이 된 이후로도 가해 학생에게 징계가 있길 바라는 그런 일들이 있다고 했다. 별도의 공개 사과를 요구한다든지.

심의위원회로 가면 교사는 할 일이 없다. 전담기구 회의 자료를 그대로 교육청에 넘기기만 하면 된다. 이후 심의위원회에서 조치를 심의 및 의결하고, 교육장 조치 결정이 이루어진다. 이 결정이 잘 이행되었는지 보고만 하면 학교폭력 책임교사의 역할은 끝이다. 솔직히 말하면 교사로서는 그냥 문서처리만 하면 참 편하다. 하지만 그놈의 '교사'로서의 책무감 때문에, 이 다툼을 해결하려고 교육적인 조치를 시도하는 순간 범법자가 되고 만다. 18쪽의 내용 때문이다.

【학교폭력예방법 제20조(학교폭력의 신고의무)】

④ 누구라도 학교폭력의 예비·음모 등을 알게 된 자는 이를 학교의 장 또는 심의위원회에 고발할 수 있다. 다만 교원이 이를 알게 되었을 경우에는 학교의 장에게 보고하고 해당 학부모에게 알려야 한다.

제삼자가 지나가며 볼 땐 참 당연한 문구다. 학교폭력이 일어나면 은폐하면 안 된다. 책임자가 이를 알아야 하고, 해당 사안을 적극적으로 처리해야 한다. 지극히 맞는 말이다. 하지만 문제는 아까 위에서 고민했던 지점에서 발생한다.

대체 어디서부터 어디까지가 학교폭력인가. 그것을 누가 판단할까. 누군가 학교폭력이라고 주장하기만 하면 다 받아줘야 하는가. 학교폭력이 누가 봐도 아닌데도, 학교폭력이라고 우기는 그런 것들도 다 받아줘야 하는가. 지금 광조가 다루는 사안은 대체 어떤 이유로 학교폭력으로 접수가 되어야만 할까? 이 질문들에 대한 답은 아까 가이드북 하단에 있었다.
"사소한 괴롭힘도 괴롭힘이다."

광조가 처리하는 사안으로 돌아가 보자. 솔직히 아무런 피해도 없었다고 생각된다. 하지만 피해 학생의 보호자는 피해를 주장한다. 바로 정신 피해다. 메롱이라고 놀린 것이 피해라고 말한다. 이렇게 정신상의 피해는 어떤 상황에서든 적용될 수 있다. 그러니까 그냥 문제라고 말하면 문제가 되는 그런 개념인 셈이다. 그렇다면 그 개념은 방금 언급한 학교폭력의 신고의무와 연결되어 무지막지한 폭탄이 된다. 어떤 학생이든 문제라고 생각하면 문제가 되는 것이고, 이것을 학교는 학교폭력으로 접수해야 하고 반드시 보고 및 처리를 해야 한다. 그리고 심의위원회가 열리는 조건도 여기에 화력을 더한다.

신고자가 원하면 무조건 심의위원회를 간다. 신고자가 피해 사실을 강하게, 또는 허위로 말하면 가해자로 지목된 학생은 정말 처분을 받을지도 모른다. 그렇게 평범했을지 모를 한 학생은 순식간에 학교폭력 가해자가 되어버리고 만다. 그리고 이 과정에서 교사는 어떤 단계에도 절대로 개입할 수가 없다. 어떤 교육적 조치도 취할 수 없다.

교육적인 해결 방법을 모색하다 신고자의 불만으로 학교폭력 은폐라는 오명을 받게 된 교사들이 한둘이 아니다. 지금의 희수의 부모는 어쩌면 책임교사인 내가 무언가를 중재해주길 바랄지 모른다. 교육자로서의 판단을 기대하는 영역이 있을 수도 있다. 하지만 가이드북은 그렇게 말하지 않고 있다. 관련 법률은 그것을 허락하고 있지 않다.

다시 말하면, 학교폭력은 누군가가 피해를 주장하면 접수가 되어야만 한다. 하지만 가해자로 지목된 쪽에서는 교사가 이것을 막아주길 바란다. 하지만 교사는 접수 후 처리해야 할 의무만 있지 무언가를 판단할 권한이 없다.

이게 지금 학교폭력 사태의 문제다. 광조는 그렇게 결론을 내렸다.

9. 이해

머리는 지끈거렸지만, 그래도 참 감사할 부분도 있었다. 사안이 발생하고 5일이 지나는 동안, 21명의 광조네 반 아이들은 차분히 자신들의 자리를 잘 지켜주고 있었다. 업무의 강도가 심해질 때, 학급까지 흔들린다면 담임교사인 광조에겐 최악의 일일 것이다. 그런 광조의 마음을 아는지 아이들은 더욱 수업 시간에 잘 참여했고, 쉬는 시간에는 자기들끼리 얌전히 놀았다.

아침 내내 업무 보고에, 문서 작성에, 손발이 바삐 움직이는 광조의 모습을 보고 아이들이 어느 정도 상황을 지레짐작한 것 같았다. 정말 고마운 일이다. 그러면서 동시에 마음이 무거워졌다. 학부모 확인서와 학생 확인서를 대조해가며 사안 접수보고서를 작성하는 도중 광조는 아이들에게 미안함을 느꼈다.

수업 시간에 집중하지 못하는 순간엔 큰 죄책감이 느껴진다. 어떤 순간에도 아이들에게 집중하는 교사가 되리라 다짐했던 대학생 시절과 초년 시절이 떠올랐다. 잡다한 행정적인 업무는 교사의 본질이 아니라고 생각했다. 바쁜 업무를 맡게 되는 순간이 오더라도, 수업에 지장이 없게끔 최대한 빨리 깔끔하게 처리하겠노라고 만만하게 생각했었다. 하지만 그것이 실제로는 쉽지 않은 일임을 피부로 느끼고 있었다.

솔직히 말하면 수업다운 수업을 준비할 시간도 없었다. 수업에 집중하기 어려운 심리적 상태는 기본이고, 물리적으로도 반에서 함께할 시간이 제대로 없었다. 그렇게 광조는 좋은 선생님의 원형에서 조금씩 벗어나는 듯한 두려움이 느껴졌다. 누군가가 그토록 외치던 교실 이데아는 이런 것이었을까? 교사의 본질은 수업과 교육이 아닌 걸까. 학교폭력 신고 처리 과정은 과연 교육의 본질에 맞닿아 있는 개념일까. 서글퍼졌다.

사안을 인지한 이후 48시간 내 사안 접수를 했다. 이후 책임교사는 주말을 포함한 14일 이내에 학교폭력 전담기구를 열어야 한다. 전담기구 소집 이전까지 사안 조사가 완료되어야 한다. 목격자 확인서, 담임교사의 진술, 기타 상담 자료 등을 광조는 바삐 움직이며 수합했다. 그리고 여기에 더해 사안 조사 완료를 위해서는 피해 및 가해 양측 모두에게 학생 및 보호자 확인서를 각각 받아야 한다. 하지만 어째 시간은 가는데 피해 학생의 보호자, 가해 학생의 보호자 모두 확인서를 제출하지 않는다. 확인서 제출을 부탁하는 연락을 좀 했더니, 이제는 전화도 받지 않는다. 고현의 모는 마지막 통화에서 이렇게 말했다.

"아니, 선생님. 제가 신고를 했으면 됐지 왜 이렇게 사람을 바쁘게 해요?"

"어머님, 그게 아니라 법적으로 보호자 확인서가 필요합니다."

"하, 제가 그렇게 한가한 사람이 아니라서요. 때 되면 알아서 보낸다니까요."

그때가 언제가 될지 광조로선 알 수가 없으니 답답할 노릇이었다. 다음 주 안에는 모든 서류를 받을 수 있을 것이라 믿고 학교폭력 전담기구 날짜를 잡아놓기로 했다. 다행히 학교폭력 사안과 관련된 첫 번째 회의이다 보니 모든 위원이 참여해주기로 했다.

'그때까지는 정말 확인서를 받아야 하는데….' 광조의 연락은 도통 받을 생각이 없는 것 같으니, 담임교사에게 부탁하는 수밖에 없었다. 3학년 2반 담임 고수아에게 전화를 걸었다. 고수아가 받았다.

"아, 선생님. 안 그래도 연락 드리려고 했는데."

목소리에 뭔가 모를 위축된 감정이 느껴졌다. 무슨 일로 연락을 주려 했는지 물었다.

"지난번 학교폭력 신고 후 초기 과정에서 제가 죄송해서요. 혹시 지금 교실로 찾아가 뵈어도 괜찮을까요?"

광조는 기다리겠다고 했다. 곧 고수아가 광조의 교실에 도착했다. 고수아가 말했다.

"부장님, 다름 아니라 제가 지난번에 잘못 대응했던 것 같아서요."

무슨 의미인지 광조는 되물었다.

"사실 제가 지난번 학교에서 학교폭력 담당을 한 적이 있었는데요. 그때 한 번 악성 민원에 걸려서, 행정심판까지 간 적이 있었거든요."

그렇게 시작된 고수아의 이야기는 다음과 같았다.

고수아도 학교폭력 업무를 몇 년 전에 맡았었다. 고수아를 평상시에도 잘 챙겨주던 한 선배 교사의 학급에서 학교폭력 사안이 터졌다. 선배 교사는 고수아의 업무가 과중할 것을 염려해 적극적으로 학교폭력 사안 처리 과정을 도왔다. 피해 학생 및 가해 학생의 상담도 실시하고, 보호자와 연락도 주고받은 뒤 확인서도 직접 수합했다. 가해 학생이 피해 학생을 괴롭힌 것이 명확한 사안이라 그렇게 순리대로 해결될 것 같았다. 그런데 심의위원회에서 처분이 나오자 가해 학생 측은 학교의 잘못을 찾고자 혈

안이 되었다. 변호사를 선임하고 법적 소송을 준비하겠노라고 매일 같이 학교에 전화를 걸어 협박했다.

“교사 나부랭이들이 뭘 안다고 우리 애를 가해자로 만들어? 너네 다 끝났어.”

교무실을 뒤집어놓으며 난동도 부렸다. 그러다가 과정을 검토하던 가해자 측이 하나 꼬투리를 잡았더란다. 자기 아이를 평상시에 안 예뻐하던 담임교사가 왜 직접 사안 조사 과정에서 의견 진술을 했냐는 것이다. 이것은 불공정한 것이고 사안 조사 과정이 객관적이지 못하다며 행정심판을 걸었다고 한다. 이 과정에서 선배 교사는 상처를 많이 받아 휴직하게 되었다는 이야기였다. 요즘 학교 현장에서 비슷한 이야기들이 워낙 많다 보니, 상황이 선명하게 그려졌다. 그 과정을 직접 지켜봤을 고수아의 마음이 어땠을지 이해가 되었다. 광조는 이야기를 들으며 고개를 끄덕였다.

"제가 그 기억 때문에 담임교사는 사안 조사에 참여하지 않는 것이 원칙이라고 알고 있었거든요. 그런데 매뉴얼을 보니 사안 조사는 학교장 책임하에 모든 교직원 대상이라는 문구를 발견해서요."

광조도 미처 보지 못했던 가이드북 속 앞 페이지 쪽을 펼치며 고수아는 말했다. 가이드북 하단에는 모든 교직원이 학교폭력 사안 조사 대상이라는 말이 조그맣게 적혀 있었다.

"매뉴얼에 적힌 대로 해야 선생님도 저도 피해가 없을 것이라 믿어서 그렇게 말씀드렸던 거였어요. 그런데 매뉴얼 내용이 제가 기억한 거랑 달라서요. 제가 오해를 했었던 점, 죄송합니다, 부장님."

"아닙니다, 아닙니다. 선생님."

고개를 숙이며 사과하는 고수아를 말리며 광조가 말했다.

"학교폭력 사안 조사 관련해서 제가 도울 일 있으면 언제든 말해주세요. 제가 업무 맡은 뒤로도 계속 법률이랑 내용이 바뀌어서 큰 도움이 될진 모르겠지만요."

"말씀만으로도 정말 감사합니다."

그동안 답답했던 한구석이 시원하게 풀린 느낌이 들었다.

'그래, 적어도 내 반 아이들 21명과 동료 교사들에겐 고마운 부분이 많구나.' 그렇게 생각하며 고수아에게 학부모 확인서 수합의 애로사항을 말했다. 그 말을 듣자 고수아는 진작 자기가 연락했어야 할 일이었다며 다시 거듭 사과했다. 그리고 며칠 뒤 학부모 확인서가 고수아를 통해 제출되었다.

10. 꼬리

광조는 학교폭력 전담기구를 소집했다.

"회의에 참석해주셔서 감사합니다."

전담기구 위원들이 작성해야 할 여러 서류를 전달했다. 해당 서류에는 비밀유지 서약서를 포함하여 내부 정보가 밖으로 전달되지 않도록 경고하는 안내문도 있었다. 가담초등학교의 학교폭력 전담기구 위원은 다음 9명으로 구성되어 있다. 교원으로는 생활부장 위광조, 교감 나동현, 1학년 부장 임민아, 3학년 부장 신주효, 5학년 부장 원준표, 보건교사 김소유, 이상 6명. 학부모로는 학교운영위원을 맡고 있기도 한 최현정, 작년에도 학교폭력전담기구 위원을 맡아준 강지유, 그리고 올해 처음으로 학교 관련 위원을 경험하는 이하연, 총 3명이다. 오늘은 그 9명이 모두 참석해주었다.

첫 번째 전담기구 회의인지라 다들 기꺼이 바쁜 시간을 할애해준 듯했다. 전담기구 위원들이 사안과 관련해서 논의를 시작했다.

"… 이런 사안입니다. 피해 학생 학부모님께서는 무조건 심의위원회로 가겠다고 하셨습니다."

"뭐, 그렇다면야."

나동현이 광조의 말이 끝나자 바로 말을 이었다.

"전담기구에서 어떤 결론을 내리든 상관이 없겠네요."

나동현의 말대로였다.

"심의위원회로 이관되는 4가지 기준에는 부합하지 않는 것 같긴 하네요."

최현정이 말했다.

"아이를 때린 것도 아니니 진단서도 없고, 반복적인 괴롭힘도 아니고요."

이하연이 말했다.

"보복성의 폭력에도 전혀 해당 사항 없음이니까…."

강지유가 이어서 말했다.

다른 위원들도 심의위원회로 이관해야 할 조건에 해당하지 않음을 확인해주었다.

회의가 끝났다. 광조는 전담기구 보고서와 회의록을 작성했다. 동시에 피해 학생 측에게 전담기구 회의 결과를 안내하면서, 심의위원회로의 이관을 원하는지 묻기 위해 고현의 모에게 전화를 걸었다.

"뭐요? 심의위원회로 이관하지 않는다고요?"

"이관하지 않는 것이 아닙니다, 어머니. 전담기구에서는 상위 기관에서 객관적으로 제시한 네 가지 기준에 의거해 판단할 뿐이고, 피해 학생 및 보호자가 원하면 언제든지 바로 심의위원회로 이관할 수 있습니다."

"그러니까. 아, 선생님. 지금 우리 아이가 별 피해가 없었다, 이 말씀이죠?"

"고현이의 피해가 크고 작음을 저희가 판단한 것이 아닙니다. 심의위원회로 가기 위한 사안 조건에 해당이 되는지만 객관적으로 판단했을 뿐, 피해 학생 측이 원하면 언제든지 심의위원회를 요청할 수 있습니다."

"말만 교묘하게 바꾸지, 되게 기분 나쁘네요? 우리 고현이가 지금 얼마나 공포감에 두려워하는지 알고 있나요? 아무튼 대한민국 학교 여전하네요. 잘 알겠습니다."

통화가 끊어졌다. 광조는 다시 머리가 빙- 도는 듯한 답답함을 느꼈다. 과연 학부모는 내 말을 듣고는 있었을까. 어떤 부분이 속상한 걸까. 학교가 본인 자녀의 사안을 학교폭력으로 낙인찍어주길 바란 것이었을까.

얼마 지나지 않아 모르는 번호로 전화가 왔다. 혹시 교육청에서 온 전화일까, 바로 받았다.

"전화 받았습니다."

50대 정도로 생각되는, 걸걸하면서도 높은 하이톤의 남성 목소리가 들렸다.

"거, 가담초등학교 학생주임, 학폭 담당 선생님입니까?"

학생주임이라는 단어가 낯설었지만, 그런 거 하나를 왈가왈부할 때는 아니니까.

"예, 맞습니다. 담당 교사 위광조입니다."

"제가 그 김고현이의 아비되는 사람인데요."

아하, 드디어 올 전화가 왔다. 아까 고현의 모는 감정이 많이 올라온 상태로 통화를 끊었다. 분명 고현의 부도 그 감정을 공유하고 있을 거란 생각이 들었다. 그래서 광조는 더 부드럽게 말했다.

"아휴, 아버님이신가요. 안 그래도 전화 한 번 드리고 싶었는데요."

"예예, 반갑습니다."

"고현이는 요새 잘 지내고 있는지요, 아버님. 지난번에 고현이랑 이야기도 나누고 왔었는데요."

"안 그래도 그 이야기 때문에 전화했습니다. 선생님, 제가 어떤 사람인지 아십니까?"

광조로서는 고현의 부가 어떤 사람인지 알고 있을 리가 만무했다. 고현의 상담을 통해 고현의 부와 모가 자주 다툰다는 것 정도?

"아휴, 많이 속상하셨죠. 통화 주신 김에 같이 이야기 나눠보시죠, 아버님."

상대는 광조의 말을 그다지 듣고 있는 것 같지 않았다. 하고 싶은 말이 많은 듯한 조급함이 느껴졌다. 고현의 부가 말을 이어갔다.

"제가요, 가담초등학교 회장도 했던 놈입니다. 보통이 아니라고요."

정말 보통이 아니구나 싶었다.

"네, 아버님. 아버님도 가담초 출신이시라니 반갑습니다. 회장까지 하셨구나."

최대한 부드럽게 응대하고자 애쓰고 있는 광조였다.

"내가 아는 교사, 정봉식이. 걔도 지금 장학사 되니 마니 하고. 그 누구냐, 김철현이. 걔는 지금 이미 장학사 되어서 교육청에서 근무하고 있고!"

그 의미의 흐름을 따라가기 힘들었다. 가담초등학교 회장이었었다고 자랑하다가, 이젠 교육계 인맥을 자랑하고 있다. 어떤 의도인지 이젠 뻔히 느껴졌다. 결코 우호적인 전화가 아니다.

"내가 교사들 일 처리 어떻게 하는지 뻔히 다 알어. 뭐? 놀리고 도망을 가? 우리 애를 문에 가둬? 그게 깡패 새끼도 아니고 뭐야. 이 죽여버릴 새끼들이. 똑바로 처리 하나 안 하나, 내가 딱 봐둘 거니까."

분노에 찬 악다구니 가득한 말이었다.

광조는 '하-' 하고 깊은숨을 내쉬다가 다시 정신을 부여잡았다. 여기서 이제 말 한마디 잘못하면 끝이다. 상대는 학교에 귀책 사유를 찾기 위해 혈

안일 것이 뻔하다. 법과 규칙에 어긋나는 말을 해서는 안 된다. 실수가 있어서는 안 된다. 그렇다고 상대를 우쭈쭈 달래줄 수만은 없다. 상대는 이미 가해 학생의 '강제전학'을 요구한 상황이다. 마냥 피해 학생 측을 오냐오냐 달래주기만 하면, 자기들이 원하는 결과가 안 나왔을 때 그 반대급부로의 저항이 클 것이다. 상대가 사실과 진실을 마주할 수 있도록 안내할 필요도 있었다. 그러면서 동시에 상대의 마음을 너무 자극해서도 안 된다. 자극할수록 피해를 보는 것은 학교와 교사, 그리고 학생들이니까.

"아버님, 지금 하고 싶은 말씀 다 하신 것 맞을까요?"

광조가 담담하게 물었다.

"뭐, 그런데요."

고현의 부는 살짝 당황한 듯 얼버무리며 대답했다.

"아버님께서 하시는 말씀도 제가 잘 듣고 있었으니, 이제 제가 드리는 말씀도 잘 들어주시겠습니까?"

"아니, 그러니까."

고현의 부가 말을 이어가려고 하자, 광조는 바로 말의 중간을 낚아채며 말했다.

"아버님. 문자와 전화로 계속 안내를 드렸듯이 심의위원회로 가는 것은 피해 학생 측의 의지에 따라 달라집니다. 전담기구에서 어떻게 판단을 내리든, 심의위원회로 아버님과 고현이가 가길 원하면 가는 거라고, 제가 어머님께, 그리고 문자로는 아버님께도 말씀드렸죠?"

상대가 대답하기도 전에 다시 광조는 말을 이어갔다.

"저는 어떤 문제를 해결하는 사람이 아닙니다. 아까 처음 통화 때 학생주임이라는 단어를 쓰셨죠? 전 학생주임이 아닙니다. 아버님 학교 다니던 때랑 다릅니다. 학교는 이제 학교폭력에 대한 어떤 처분도 내릴 수 없어요. 그냥 전담기구를 통해서 사안을 조사할 뿐입니다."

"내 말은 그게 아니잖아, 그럼요 선생님. 내가 교육청에 바로 전화할까? 교육청에, 어? 다 말해줘?"

"교육청에 직접 전화하셔도 됩니다. 그래도 다시 제가 사안 조사를 하도록 안내가 올 뿐이지요. 자꾸 교육청 운운하시는데, 교육청이 해당 사안에 대해서 어떤 걸 명령 지시를 내리거나 할 그런 사안이 아닙니다. 학교에서 전담기구를 통해 학부모 위원을 포함한 전담기구 위원들이 객관적으로 사안을 판단할 뿐입니다. 이후 심의위원회로 사안이 이관되면, 심의위원회의 위원들이 해당 사안을 확인하면서 처분까지 결정하는 것이고요."

빠른 속도로 광조는 몰아붙였다.

"교육청, 장학사 운운하셔도 저를 겁주는 그런 것이 못됩니다. 아버님 학교 다니실 때랑 아예 다르다고요."

광조의 목소리가 점점 커지기 시작했다. 속사포처럼 내뱉었다.

"학교에서 학교폭력 은폐니 뭐니 그런 걸 할 이유도 없고, 그런 걸 할 수 있는 구조도 아니거든요. 무엇보다 제가 그럴 사람도 아닙니다. 혹시 아버님은 이 사안에 대해 고현이랑 이야기는 좀 나눠보셨습니까?"

"…. 무슨 이야기요?"

"지금 고현이는 학교폭력 신고를 했던 것도 모르고 있었습니다."

"…. 고현이가요?"

"예, 아버님. 전학 온 이후로 고현이에게 제일 친절하게 대해준 친구가 지금 가해자로 지목된 희수라는 걸 알고 있으신 거 맞죠?"

고현의 부는 말이 없어지기 시작했다.

"어머님이 고현이에게 의사 묻지 않고, 고현이는 영문도 모른 상태로 지금 이 학교폭력 사안 처리가 시작된 겁니다."

광조가 깊게 숨을 내쉬며 말했다.

"무엇보다 고현이가 가장 힘들어하는 일은 학교의 일이 아니던데요."

"고현이가…. 어떤 걸 힘들어하던가요?"

"고현이와 모든 걸 다 말하진 않기로 했으니 자세힌 말씀 못 드리겠습니다. 하지만 아버님도 아시겠지요. 학교의 일이 아니라면, 어떤 일이 고현이에게 주는 가장 큰 스트레스일지요."

이 말을 끝으로 고현의 부와 광조는 한동안 말이 없었다. 그러다가 광조가 다시 낮은 톤으로 담담하게 말했다.

"고현이가 장난스럽게 상담에 응하긴 했어도, 이렇게 속내를 털어놓을 정도로 저와 깊게 이야기도 나눴습니다. 그 뒤로도 학교에서 자주 신경 쓰고 있고요. 제가 사안에 대해서 뭐가 옳다 그르다 말씀은 못 드리겠습니다만, 가장 친한 친구라는 아이를 자녀와의 상의 없이 학교폭력 신고를 하신 것 자체가 과연 어떤 의미일지는 한 번 생각해보셨으면 합니다."

"선생님…. 죄송합니다."

갑작스러운 사과였다. 다행이었다. 진심이 통한 것 같았다.

고현의 부가 거칠게 말은 했어도, 자녀와 관련된 일이라 감정이 올라왔겠거니, 혹시라도 본인의 자녀에게 불리하게 상황이 돌아가질 않길 바라는 마음이었겠거니 싶었다. 적어도 최악의 악성 민원인은 아니었다.

"아닙니다, 아버님. 그저 제 진심이 닿았으면 좋겠습니다. 관련 사안뿐 아니라 본교 생활담당 부장으로서 앞으로도 고현이 잘 바라볼 겁니다. 중간중간 인사도 하고 신경도 쓰겠습니다. 부디 현재 학교의 모습을 있는 그대로 바라보고 믿어주시면 좋겠습니다."

"감사합니다. 그저 잘 부탁드리겠습니다."

통화가 끊어졌다. 힘들었지만, 뿌듯했다. 최악은 막은 것 같았다.

앞으로의 심의위원회 결정이 어떻게 결정되더라도, 고현의 부는 적어도 오늘 나눈 대화를 토대로 조금 더 상황을 객관적으로 바라볼 수 있을 거란 기대가 조금 생겼다.

11. 정리

오늘도 광조 반 아이들은 착실하게 잘 생활하고 있다. 광조가 고현과 희수의 학교폭력 사안을 처리하고, 심의위원회에 이관하기 위한 자료를 만드느라 분주한 상황에도 자신들의 자리를 잘 지켜주고 있다. 광조는 '정말 고맙고, 또 고맙다'라는 생각을 거듭 반복했다.

사실 광조는 생활부장을 처음 맡았을 때부터 자신의 업무 때문에 본인의 학생들이 지장이 있거나 피해를 입을까 걱정이 많았다. 그래서 광조는 자신이 정신없이 바쁠 때도, 혹여나 학급에 많은 관심을 못 줄 때도, 아이들이 스스로 본인들의 생활을 지켜낼 수 있는 시스템을 구축하고자 했다. 그래서 탄생한 것이 '광조민반 프로젝트'다.

광조는 사회 교과와 연계해서 헌법 교육을 차근차근 실시했다. 그러면서 아이들에게 '우리 반의 헌법'을 고민하고 만들어보게 했다. 제헌의원을 선거와 투표로 뽑아 헌법의 기틀을 함께 다듬었다. 대한민국 헌법을 기반으로 학급 구조를 세분화하는 헌법이 만들어졌다. 그 과정에서 광조민반 구성원 전체의 찬성으로 '광조민반'이라는 국가명, 아니 학급의 이름이 결정되었다.

광조는 민망했지만, 아이들 마음대로 해보는 그 취지와 잘 맞는 것 같기도 하니 어디 한번 마음대로 쭉 해보라 했다.

광조의 민주주의 및 국가 운영 원리에 대한 설명이 덧붙여졌다. 정치 구조에 대한 이해를 바탕으로 아이들은 행정부와 입법부, 사법부를 분리하여 운영하기로 했다. 세금을 관리하고, 학급의 다양한 행사 등 실제적인 업무를 담당하는 행정부. 다양한 법을 만들고 다듬고 수정하는 입법부. 법적 해석이 필요한 상황에 법리적 해석을 하는 사법부. 그리고 이런 부서들의 활동에 흥미도를 높이기 위해 학급 내 화폐를 유통했다. '래빗'이라는 가상의 돈이었다.

수업에 열심히 참여하여 학습 목표에 도달하거나, 숙제를 열심히 해서 결과물이 쌓이면 그것을 하나의 수출품으로 인정하여 수입이 발생한다는 기본적인 원리를 도입했다. 그러면서 행정부는 세금을 거둬 정부가 유지되기 위한 노력을 해야만 했다.

개인별로 래빗을 모았을 때의 보상도 있었지만, 행정부가 래빗을 모았을 때의 보상도 있었다. 행정부가 1만 래빗을 모으면 담임교사와 놀러 갈 수 있는 쿼터를 정부가 구매할 수 있다. 개인은 5천 래빗을 모으면 담임교사와 놀 수 있는 티켓을 구매할 수 있다. 정부가 쿼터를 구매해야, 개인이 그 티켓을 활용할 수 있는 구조였다. 즉, 정부도 개인도 돈을 열심히 모아야 했다. 그렇기에 세금을 어느 정도로 해야 할지 치열한 논쟁이 있기도 했다.

행정부와 입법부가 (같은 정당 소속임에도 불구하고) 뜨거운 갈등을 빚기도 했다. 기자나 경찰 등 다양한 직업이 추가로 생겨났다. 그러면서 아이들은 헌법의 원리를 익히고, 학급의 다양한 사건들에 주목하기 시작했다. 친구들과 사이좋게 지내는 이벤트나, 친구들이 공부를 잘하게 하기 위한 행사를 만들어 주도하기도 했다.

성적이 낮은 친구가 성적이 높아진 정도에 비례해서 수출품 가격으로 인정해주겠다는 광조의 선언과 함께 교육부에서는 '성적 향상 이벤트'를 선포했다. 성적 향상을 위해 노력하는 친구에게 정부가 개별로 보상하겠다는 안이었다. 그렇게 다채로운 일들이 흘러가면서 아이들은 스스로 학급을 운영하는 방법을 익혀나가기 시작했다.

나라를 운영하는 방식의 학급 자치 구조가 완성되어가는 덕에, 가끔 광조가 바쁘거나 힘들어 아이들 한 명 한 명에게 신경을 못 써주는 안타까운 그 시기가 오더라도, 아이들은 담임교사가 쉬는 시간 동안 교실에 존재하지 않는다는 그 부재를 크게 느끼진 않게 되었다.

그런다 한들 광조의 마음까지 완전히 평화로울 수만은 없었다. 담임교사가 교실을 비우는 것은 언제나 위험한 일이 발생할 수 있는 시발점이 되니까.

광조는 생활부장을 하기 전엔 쉬는 시간에 교실을 비운 적이 없었다. 그 시간에 아이들과 상담을 이어가거나 아이들이 친구들과 어떻게 노는지 관찰하거나, 또는 이어지는 수업 때 쓸 자료를 정리하며 준비하기만 해도 버거운 하루하루였으니. 그런 그였기에 교실을 비우며 문서를 처리

하며 면담을 진행하는 그런 과정이 큰 스트레스였다.

혹자는 '그냥 면담이나 그런 건 학생들 수업이 다 끝난 다음에 하면 되는 거 아니야?'라고 물을지 모른다. 하지만 그건 담임교사가 본인 학급의 학생도 수업 후에 남길 수 없는 현실을 모르는 이야기다. 광조의 선배네 학교에서도 담임교사가 상담을 위해 아이를 남겼더니, 아이의 학원 가는 시간이 늦어졌다며 '아동학대 신고'를 운운하던 학부모가 있었다. 하물며 담임교사에게도 그런 시대에, 학교폭력 신고를 위해 학생을 남겨 조사한다? 그것도 본인 자녀가 가해 학생으로 지목된 상황에 그렇게 한다? 어떤 민원이 있을지, 이 정도면 모두가 상상할 수 있을 것이다. 그렇게 광조는 본인이 할 수 있는 노력을 최대한 하면서도, 마음속 어딘가에 있는 그 찝찝함을 안고 업무를 처리해나가고 있었다.

그렇게 대여섯 종류의 문서를 상신하고, 고현과 희수의 사안은 심의위원회로 이관되었다. 공문으로 다시 광조에게 연락이 왔다. 업무 담당자로서 심의위원회에 출석하여 의견을 밝혀달라는 요구였다. 당일 수업이 끝나자마자 광조는 심의위원회 장소로 이동했다. 대기석에 앉아 기다렸다. 잠시 후 회의실로 들어오라는 안내가 있었다.

"선생님께서 보시기엔, 사안이 어떤가요?"

"하핫."

위원장의 질문에 광조는 헛웃음이 나왔다. 사안이라는 단어가 거창하게 느껴졌다.

"아, 죄송합니다. 이게 여기까지 와야 할 일인가 싶어서요. 보시다시피, 이게 교육적인 조치인지 교사로서 안타까울 뿐입니다."

심의위원회 위원들도 다들 이해한다는 듯 고개를 끄덕였다.

"선생님께서 가장 잘 아시겠고, 사안도 저희가 보기엔 미비하다고 생각합니다. 다만 피해 사실을 피해 학생 측에서 크게 호소하셔서요. 아예 아무 처분도 없긴 힘들 수도 있습니다. 그 상황에서 선생님께서 피해 학생 측에도, 가해 학생 측에도 적절한 설명으로 민원이 발생하지 않도록 힘써주셔야 할 것 같습니다."

광조는 알겠다며 고개를 끄덕였다. 그렇게 희수는 학교폭력 가해 학생으로서 2호 접촉, 협박 및 보복행위의 금지 처분을 받았다. 고현의 모는 그녀대로, 희수의 모도 그녀대로, 결과에 만족스러워하지 않았다는 소문이 돌았다. 그나마 다행인 것은 이후의 민원은 없었다. 따지고 보면 민원을 넣을 것도 없겠다는 생각도 들었다.

사안번호: 21-002

12. 이야기

가담초등학교에는 그런 이야기가 있다.

매년 한 학년에 네다섯 명의 어려운 아이들이 있다는. 한 학년에 적으면 두 반, 많으면 세 반 정도로 조그맣다면 조그마한 학교이기에 학부모 사이에서의 소문도 빨랐다. 전입생도 그리 많지 않고, 전출생도 딱히 없는 그런 잔잔한 분위기였던지라 서로가 서로를 이미 잘 알기도 했다. 그런 점에서 매년 초 학급 편성이 이루어지고, 이윽고 학급 구성의 실태를 알게 되면 학부모 사이에서 탄식이 흘러나오는 경우도 빈번했다. '전설의 그 아이'가 자기 아이와 같은 반이 되었다며 신경질적인 감정을 대놓고 드러내는 학부모도 있었다.

김윤성은 그런 신경질적인 짜증과 분노 섞인 반응을 만들어낼 수 있는 자질을 충분히 갖춘 학생이었다. 어쩌면 최근 한두 해로 한정하면, 가담 초등학교 학부모들의 가장 뜨거운 반응을 불러일으키는 존재라고도 할 수 있겠다. 사실 윤성은 똑똑한 학생이기도 했다. 어른들의 마음을 읽는 능력이 출중했다. 1, 2학년 시기에는 그런 자신의 능력을 활용해서 담임 교사의 칭찬도 곧잘 받던 아이였다. 하지만 더 커감에 따라 주어진 규율 속에서 선한 행동과 모범적인 태도에 대한 뻔한 칭찬은 윤성의 흥미와 욕구를 채우기엔 밋밋하게만 느껴졌다.

3학년이 되면서 윤성은 패거리를 만들었다. 자기보다 약하거나 조금 모자라다 싶은 아이들을 놀리기 시작했다. 여느 교실에서나 쉽게 볼 수 있듯, 그런 놀림은 아주 사소한 것에서 출발한다. 윤성은 자신이 좋아하고 잘하는 '축구'를 그 사소한 출발로 삼았다.

운동장에서 윤성의 패거리는 언제나 축구를 했다. 상급생 형들도 축구에서만큼은 윤성과 그 패거리를 못 당해내기 시작했다. 3학년 아이들에게는 그 모습이 멋지게 보였다. 윤성 패거리에 들어가고 싶어 했다. 같이 축구를 하고 싶어 했다.

축구를 같이할 수 있도록 기꺼이 '허락'해주는 주체는 오로지 윤성이었다. 윤성의 마음에 들지 않으면 그 누구도 축구 경기에 낄 수 없었다. 어쩌다 축구를 같이 하게 되어도 축구 실력에 대한 평가는 윤성만이 할 수 있었다. 아무리 축구를 잘해도 윤성의 눈 밖에 나면 '이기적이고 탐욕적인 플레이'를 한다는 오명과 함께 다시는 운동장에 발을 들일 수 없었다.

윤성이 가진 권력의 영향력은 교실에서도 스멀스멀 나타나기 시작했다. 교실에서 다른 아이들을 놀리는 행동이 이제는 툭 툭 때리는 행동으로 확장되었다. 지나가면서 머리를 툭 치거나, 걸어가다가 어깨를 부딪치고는 상대에게 사과를 강요하기 일쑤였다.

윤성에 대해 반감을 갖게 된 아이들도 물론 있었다. 특히 축구에 별로 큰 관심을 두지 않은 아이들 위주로 윤성에 대한 경멸적인 평가가 오가곤 했다. 하지만 그뿐, 한참 신체 활동에 뜨거운 관심을 가진 3학년 또래 아이들은 시간이 지날수록 윤성에게 많은 권력을 부여했다. 그렇게 4학년이 된 윤성과 그 동갑내기 아이들은 가담초등학교에서 가장 시끄러운 세대이자 잡음이 많은 무리로 자리 잡게 되었다. 그런 윤성을 바라보면서 윤성의 모, 최현정은 걱정이 많았다.

어렸을 때 어른들 말도 잘 듣고 착실한 아이 같던 윤성, 그때와 너무 달라진 것 같았다. 더구나 윤성의 잘못에 대해 이러쿵저러쿵 말하는 소문이 최현정의 귀에만 들리지 않을 리 만무했다. 자신의 자녀를 지킬 방법을 찾아야 했다. 그래서 그녀는 학교폭력전담기구 위원을 하기로 마음먹었다. 언젠가 그 자리에서 자신의 아들을 지킬 수 있다고 생각했다.

운영위원회에서 한 자리씩 맡고 있는 엄마들과 친분을 쌓기 위해 노력했다. 한턱도 내고, 쉽사리 알기 힘든 SNS 감성이 가득 담긴 예쁜 맛집도 알려주며 꽤 공을 들였다. 카페도 같이 가고, 밥도 같이 먹으며 어느덧 많이 친해졌다. 잡담을 나누다 보면 학교의 크고 작은 일들을 건너 건너 들을 수 있었다.

그러던 겨울 방학 중의 하루였다.

"아니, 이번에 학교 위원회 구성하는 것도 일이다, 일."

"왜, 무슨 일인데 진희 엄마."

"다음 운영위에서 다음 연도 무슨 위원 추천, 무슨 위원 추천 이런 게 심의 사안으로 올라와 있더라구. 힘 좀 써볼까 싶기도 하고. 우리 어머니들 뭐 맡고 싶은 거라도 있어?"

뭐라도 된 것처럼 거들먹거리는 진희의 모가 눈꼴 사나웠지만, 비위를 맞추며 말했다.

"진희 엄마 역시 대단하네. 다음 연도에도 영향을 줄 수 있구나."

"그게 뭐 별거라구. 호호. 윤성 엄마도 이제 한 자리 맡아서 해봐야지?"

그 말에 손사래 치며 최현정은 말했다.

"아이참, 진희 엄마 정도나 되어야 하지, 내가 그런 자리를 맡아도 되겠어?"

"어머, 뭐래. 우리 윤성 엄마야말로 그런 중요한 일들을 충분히 할만한 사람이지. 어디 보자, 다음에 이제 수아 엄마가 운영위도 기한 차서 그만두니까, 운영위 한 번 해볼까? 조심스럽게 추천해볼게."

"아휴, 그래도 되나."

그렇게 진희의 모의 비공식적인 추천과 함께 운영위원회에 들어갔다. 그리고 전년도 생활부장 교사가 혹시 다음 연도 학교폭력 전담기구 위원에 자청할 분이 있는지 신청자 조사를 할 때, 즉각적으로 신청을 해뒀다. 경쟁자는 크게 없었다. 귀찮은 일을 도맡아서 하려는 사람은 세상에 많지 않으니까. 그렇게 다음 연도 생활부장이 위원을 소집할 때 협조해달란 요청을 접수하자 마음이 놓였다.

새 학기를 시작하면서 새로이 학교폭력 업무를 담당하는 교사로부터 위원을 맡아달라는 연락을 받았다. 괜한 민망함이 들어 바쁜 척 한 번 튕겼다가, 다시 곧장 하겠다고 대답했다. 그녀의 아들을 지키기 위한 것이었으니까, 그녀에겐 그런 일들이 귀찮게 다가오지 않았다.

담당 교사가 나눠주는 학교폭력 관련 연수 자료를 항상 꼼꼼히 읽었다. 다른 부모들은 크게 신경도 쓰지 않을 자료였겠지만 그녀는 하나하나 놓치지 않았다. 윤성을 지키기 위한 것이니까. 반드시 해야만 하는 일이니까.

13. 괴롭힘

교무실 앞을 지나가던 광조에게 교장 수민서가 말했다.

"어, 위 부장님. 안녕하십니까."

"안녕하세요, 교장 선생님."

"다름 아니라, 요새 4학년 분위기가 좀 안 좋다고 해서. 위 부장이 1반 김지연 선생님하고 이야기 좀 해볼 수 있을까요?"

"어떤 일일까요?"

"아이들이 붕 떠 있고, 최근에 다툼도 많아진 게 내 마음에 걸려. 신경 좀 써줘요."

"네, 한 번 확인해보겠습니다."

안 그래도 광조는 4학년 아이들을 예의주시하고 있던 터였다. 현재 가담초등학교에는 존재감을 이따금 드러내고, 이로 인해 생활에서의 악명이 높은 두 학년이 있다. 광조가 맡은 6학년과 그리고 그 뒤를 잇는 4학년.

6학년 아이들은 지금은 그래도 차분하고 괜찮긴 하지만, 신입생인 1학년 시기부터 워낙 큼직큼직한 사건들을 터트렸던 역사를 자랑한다. 1학년 아이들이 선배에 해당하는 2학년, 3학년 아이들을 때리고 다니고, 물건을 훔치고 그랬으니. 그래도 그 아이들이 4학년이었던 때부터 6학년으로 올라오는 시간까지 아이들을 지극정성으로 살피는 담임교사들의 노고가 있었다.

그 덕분인지 지금은 참 차분하게, 나름 귀여운 면모를 갖춘 아이들로

탈바꿈이 되었다. 그렇기에 현재 이 시점에서 본다면, 그 귀여운 아이들보다 더욱 큰 악명을 갖게 된 무리가 바로 지금의 4학년 아이들이라고 평가할 수 있다.

입학 후 매해 왕따 사건이 벌어지고, 계속하여 타겟이 바뀌며 피해자가 발생하는 모습이 관찰되었다. 그네들의 문화가 된 것이다. 썩 좋지 못한 그런 분위기를 조장하는 아이들이 한둘이 아닌지라, 매해 담임교사들이 애를 먹곤 했다. 그 악명을 광조도 잘 알고 있었다. 교장이 직접 생활부장을 불러 신경 쓰라는 말을 할 정도로 그 아이들의 분위기가 다시 흐려졌다는 것은 분명 좋은 징조는 아니었다.

오늘은 마침 2교시가 교담 수업 시간이라 여유가 있었다. 1교시 수업을 끝내고 광조는 4학년 교실이 모여있는 복도로 찾아갔다. 교원연구실에 앉아 아이들의 모습을 조용히 살펴보았다. 조용히 앉아 책을 읽는 여자아이들이 보였다. 남자아이들은 한둘을 제외하고는 모두 시끌벅적하게 놀고 있었다. 우유 팩을 접어 축구를 하는 아이, 빗자루로 야구를 하는 무리. 각양각색의 모습이었다.

그 속에서 광조는 불안감을 느꼈다. 그 불안감의 근원이 무엇일지 곰곰이 생각했다. 무언가 하나로 뭉쳐져 있지 않은 분위기. 아이들 사이의 선이 분명했다. 쉬는 시간에 떠드는 아이, 조용한 아이가 있는 건 당연한 현상이다. 그것만으로 섣불리 광조가 부정적으로 평가한 것은 물론 아니다. 아이들이 놀고 있는 모습, 그 모습에서 서열이 존재했다. 원래는 4학년 아이들이라 하면, 서열을 피부로 와닿도록 자기네의 문화를 만들기엔 다소 이른 나이이기도 하다. 학교마다 그리고 지역마다 차이는 있겠지만, 적어도 가담초등학교에서는 6학년이 되도록 뚜렷한 무리가 형성되지 않는 것이 보통의 모습이었다. 당장 지금 광조의 학년 아이들만 해도 다 같이 왁자지껄 떠들고 이야기하는 모습이니까. 조용히 있는 아이들도 그냥 조용히 있고 싶은 마음이라 그런 거지, 언제든지 마음만 먹으면 같이 어울려 떠들 준비가 되어 있는 그런 구조랄까.

하지만 올해의 4학년은 달랐다.

같이 뛰어놀다가도, 한 명의 심기가 불편해질 때면 모두가 그의 눈치를 살피기 시작했다. 조용히 있는 아이들의 표정에는 불편함이 있었다. 조용히 있고 싶어서 조용히 있는 게 아니라, 교실 뒤에서 떠드는 무리에 대해 불만이 가득한 기색도 느껴졌다. 뒤를 돌아보며 이따금 찡그리는 표정을 짓는 아이들이 있었다. 하지만 그뿐, 누구도 그 무리를 제지할 수는 없었다. 이 반만 그런 걸까, 다른 반 교실을 볼 수 있게끔 자리를 살짝 옮겼다. 슬프게도 옆 반도 마찬가지인 듯했다. 학년의 문화가 이렇게 생겨났구나 싶어 광조는 마음이 아팠다.

중간놀이 시간이 되고 광조는 4학년 1반 담임교사 김지연을 불렀다. 김지연과 광조는 교원연구실에서 대화를 시작했다.

"혹시 학교폭력이나 이런 문제는 최근에 없으셨나요?"

"안 그래도 부장님 도움을 얻을까 고민하던 차였어요."

"많이 무거운 사안은 아니죠?"

"음, 글쎄요. 무겁다면 참 무거운 것 같아요. 학급 분위기가 학기 초부터 너무 무겁게 가라앉아 있는 게 찝찝했는데. 아니나 다를까 뭔가 벌써부터 일진놀이 비슷한 느낌이 나더라고요."

"일진놀이요?"

"예, 일진놀이. 저희 반 김윤성이라고 혹시 아세요?"

작년에 김윤성의 담임을 맡았던 선배 교사에게 익히 그 소문을 들어 잘 알고 있던 광조였다.

"네, 압니다. 작년부터 조금 사건을 일으키기 시작했던 아이로 들은 적이 있습니다."

"예, 맞아요. 그런데 걔가 아이들을 쥐어잡아요."

"쥐어잡는다…."

"말 그대로 쥐어잡아요. 축구를 하기 시작하면서 남자아이들 사이에서 인기가 많아진 것 같은데, 그 인기를 이용해서 대장 놀이를 하는 거죠. 그러면서 자기 마음에 안 드는 아이들은 약점을 하나씩 잡아서 놀려요."

"전형적인 그런 유형이군요."

"네. 그러면서 자꾸 아이들 기를 죽이고 비난하고 하면서 학급 분위기를 다 흐려 놓다 보니, 뭐랄까, 그 분위기가 자꾸 퍼져나가면서 아이들이 죽어가는 기분까지 들어요. 제가 아무리 기를 살리고, 김윤성 그 녀석의 부정적인 말을 커트하고 해도 답이 안 보이는 기분이랄까요."

"정말 고생이 많으시네요. 한 번 아이들과 제가 이야기 나눠볼까요."

"네, 부탁드릴게요. 부장님. 바로 저희 반 교실 가셔서 한 번 가볍게 이야기 나눠주시고, 이후로 좀 길게 생활교육 투입해주시면 어떨까 싶기도 해요. 번거로우실 것 같고, 바쁘신데 일감을 더해드려서 정말 죄송하지만."

"그건 걱정 마세요. 제 일이니까요."

광조는 4학년 1반 교실로 나섰다. 시끄러운 소리가 가득했다. 가서 어떤 말로 대화를 시작할까 머리를 굴리고 있었다. 앞문을 열고 들어가는 순간, 남자아이들이 구석에 모여있었다.

"자리에 앉도록 하지?"

아이들로서는 처음 들을 광조의 목소리에 깜짝 놀란 기색이었다. 우당탕탕 소리를 내며 모두들 순식간에 자리에 앉았다. 다만 그 와중에도 여유롭게 서로 찡긋하며 수신호로 이야기를 나누는 아이들이 보였다. 광조의 눈에 마지막으로 자리에 앉는 아이가 유독 눈에 띄었다.

뭔가 이상했다.

미간을 찌푸리고 얼굴을 자세히 들여다보았다. 낙서투성이였다. 남자아이들이 다 같이 모여있었는데, 거기에서 마지막으로 나오는 아이의 얼굴에는 낙서투성이라니. 보통의 문제가 아니라 판단했다. 아이들의 속닥대는 소리까지 모두 멎어버린 그 타이밍에 광조가 입술을 열었다.

"4학년 1반 친구들을 만나 반갑다. 생활담당 선생님 위광조라고 한다."

아이들은 뭔가 겁을 먹은 듯 조용했다.

"선생님이 오늘 온 것은 우리 반 생활 태도에 대해 간단히 이야기하러 온 것인데, 오자마자 좀 믿기지 않는 게 있구나."

얼굴에 낙서가 가득한 아이의 얼굴을 다시 자세히 쳐다보았다. 광조의 시선을 따라 다른 아이들도 그 아이의 얼굴을 쳐다보았다. 얼굴에 낙서가 가득한 아이의 눈빛은 흔들리고 있었다.

장난을 치고 난 후의 아슬아슬한 긴장감에서 나오는 표정은 확실히 아니었다. 속상함과 분함, 그리고 거기에서 나오는 슬픈 감정이 복잡하게 섞여 있는 듯한 얼굴이었다. 아이의 표정을 통해 광조는 상황을 어느 정도 머릿속으로 그릴 수 있었다. 이것은 괴롭힘이다.

"친구 이름이 뭐지?"

광조는 씁쓸한 마음을 가까스로 억누르며 미소를 얹어 물었다.

"차준혁입니다."

일어나란 말도 없었지만, 의자 옆으로 발을 내딛고 일어서며 준혁은 대답했다. 발표 자세가 이렇게 잡혀있는 아이들은 대개 소위 우리가 말하는 '모범적인 학생'인 경우가 많다. 광조는 잠시 숨을 들이쉬었다.

"그래, 준혁이. 준혁이 너에게 뭘 물어보려는 건 아니니 걱정 마라."

자리에 앉으라는 손짓과 함께 입술을 닫고 고개를 끄덕이며 말했다.

"그래, 얘들아. 준혁이 얼굴에 낙서를 한 사람은 누구니?"

침묵이 흘렀다.

아무도 말을 하지 않았다. 아무도 손을 들지 않았다. 당연한 반응이다. 이미 서열이 굳어진 교실. 그 교실에서 일어난 괴롭힘. 이 장난은 이 교실에서 서열이 가장 높은 아이가 했거나, 적어도 그 아이가 동의하거나 묵인한 상태에서 이뤄진 행위일 것이다. 그 상황에서 그 행위에 대한 고백을 이 아이들 입에서 직접 듣기란 어려운 일일 것이다.

"아마 여러분이 직접 고백하긴 어려운 일인가 보구나. 한 명 한 명씩 물어보마."

광조가 들어왔을 때 수신호로 이야기를 나누던 아이 두 명을 지목했다.

"어디 보자. 응. 그래. 친구랑. 저기 저 친구. 그 마지막에서 두 번째에 앉은 친구. 그래, 친구도 맞아. 두 친구 일어나줄래?"

두 학생이 당황하며 자리에서 일어났다.

"내 기억엔 두 친구가 그 현장에 가까이 있다가 늦게 자리에 앉은 것 같은데. 혹시 누가 낙서를 했는지 말할 수 있겠나."

광조의 말에 두 아이는 고개를 바닥으로 향했다.

"솔직히 말해주면 좋겠다."

담담히 말하는 광조의 말 뒤로 어떤 소리도 들리지 않았다. 10여 초의 정적이 흐른 후 광조가 말했다.

"그래, 아마 말하기 어렵겠지. 그래도 선생님에겐 방법이 있다. 너네들도 알 거다. 어떤 방법으로든 누가 어떻게 행동했는지 알아낼 수 있으니까. 하지만 적어도 그 전에, 최소한의 양심으로 스스로 잘못을 인정하고 준혁이에게 사과하는 것이 옳다고 생각한다. 혹시 그렇게 용기를 낼 순 없을까."

그래도 아무도 말이 없었다.

"일어난 두 친구도 여전히 말하기 어려운 거고?"

아이 중 한 명이 말했다.

"제가 어떻게 그걸 말해요."

"그래, 그 마음을 알겠다. 지금부터 10초를 기다리겠다. 학교폭력에 해당하는 행위이기에 어떤 상황이 되든 사건 처리 과정을 거칠 거다. 다만 본인의 행위를 솔직하게 인정하고 사과한다면, 이를 통해 우리 1반과 선생님은 또 다른 좋은 방법을 찾아 나갈 수 있다. 이건 분명하다. 10초만 기다리겠다."

그렇게 광조는 시계를 쳐다봤다. 아이들도 시계를 쳐다봤다. 10초, 9초, 8초. 시간이 흘렀다. 5초가 될 때쯤 한 아이가 일어났다.

"제가 그랬습니다."

시선은 바닥을 향한 채 아이가 말했다.

"이름이 뭐니."

"김윤성입니다."

'그렇구나, 올 게 왔구나.' 고개를 끄덕이며 광조는 생각했다.

"윤성이. 솔직하게 일어나줘서 고맙구나."

광조가 교탁에 두 손을 짚고 낮고 강한 어조로 말했다.

"잠시 조용히 있도록 해라. 담임 선생님이 오실 거다. 우선 윤성이는 나를 따라와라."

광조와 윤성은 교재연구실로 향했다.

14. 미봉책

광조와 윤성은 교원연구실에 앉았다. 광조는 김지연에게 상황을 간략히 전달했다. 알았다는 끄덕임과 함께 김지연은 교실로 돌아갔다. 둘만 남은 후, 광조가 물었다.

"솔직하게 말한 건 잘했다. 다만 준혁이 얼굴에 낙서를 한 부분은 분명 짚고 가야겠다. 무슨 이유로 그렇게 행동했니?"

"… ."

윤성은 입을 열지 않았다.

"그냥 솔직하게 이유를 말해주면 된다."

광조가 다시 대답을 재촉하자 윤성이 말했다.

"그냥 재밌어서요. 친구끼리 낙서도 하고 그럴 수 있는 거 아닌가요? 준혁이도 저한테 가끔 장난치고 그래요."

"얼굴에 매직으로 낙서를 하는 것은 단순히 장난으로 치부할 일은 아니다 싶은데."

광조의 말에 윤성은 고개를 숙였다.

"그래, 이유를 솔직히 말해준 것은 잘했다. 다만 이제 선생님의 이야기를 시작할까 하는데, 윤성이는 들을 준비가 혹시 되었는지 묻고 싶구나."

윤성은 뾰로통한 표정으로 고개를 끄덕였다.

"네가 축구도 잘하고, 친구들에게 인기 많은 것 잘 알고 있다. 그건 멋진 모습이긴 해."

갑자기 나온 칭찬에 어리둥절한 표정의 윤성이었다.

"친구가 많아지다 보면 자랑도 하고 싶고, 심한 장난도 칠 수 있게 되고. 뭐 그런 것도 다 이해해. 선생님도 학생이던 시절이 있었으니까. 그때는 더한 일들도 있긴 했으니."

윤성이 광조의 눈을 향해 시선을 맞추기 시작했다.

"그런데 윤성아. 친구가 많다고 내 멋대로 해도 된다는 건 아니다. 그걸 기억해야 한다."

광조가 목을 한 바퀴 돌리며 스트레칭을 한 뒤 잠시 쉬어간 후, 말을 이었다.

"내 말을 얼마나 이해할진 모르겠다. 하지만 교실이라는 공간은 그래. 선생님 혼자 애쓴다고 막 달라지고 멋져지는 게 아니야. 학생 혼자 애쓴다고 달라지는 것도 아니지. 교실에 있는 사람 한 명 한 명의 노력이 다 합쳐져야 하는 거야."

광조가 계속 말했다.

"네가 지금 친구가 많다는 것은 분명 네게 좋은 거고, 또 기회기도 해. 어쩌면 지금 학생이라는 신분에서 강력한 무기를 가진 거기도 하니까. 너도 알잖아. 그렇지만 그렇게 너에게 주어진 능력을, 기회를, 그리고 무기를 어떻게 쓰는지는 스스로 선택하는 거다. 그걸로 우리 반 친구들을 행복하게 만드는 데 보탬이 될 수도 있고. 우리 반을 힘들고 슬프게 하는 데에 이용할 수도 있는 거고. 선생님은 개인적으로, 아니다. 개인적인 게 아니겠다. 교사로서 말하자면 네가 좀 더 긍정적인 방향으로 그 힘을 썼으면 좋겠다."

광조의 말이 끝나자 윤성이 갑자기 눈물을 뚝뚝 흘리기 시작했다.

왜 갑자기 우는 거지, 당황하면서도 적어도 윤성이 교사의 말을 듣고는 있단 생각에 마음이 조금 놓였다.

"선생님, 죄송해요. 제가 더 잘할게요."

윤성이 울면서 사과를 했다.

"선생님은 교사니까, 늘 아이들을 믿는다. 내 반 아이가 아니더라도 마찬가지고. 윤성이 너 또한 늘 믿고 지켜볼 거야. 내가 아니라 준혁이에게 진심으로 사과를 한다면 더욱 좋을 것 같다."

윤성이 고개를 끄덕였다. 광조는 오늘 이 순간으로 윤성이 극적으로 달라질 것으로 기대하지는 않았다. 하지만 그렇다 한들, 윤성의 심적 변화가 있는 부분은 긍정적인 모습이라고 생각했다. 윤성을 돌려보내고, 석오와 지열을 불렀다. 석오와 지열은 수신호를 주고받다가 광조에게 지목당했던 그 두 아이였다. 석오와 지열이에게도 비슷한 이야기를 했다. 우리 반을 더욱 나은 반으로 만드는 방향을 선택해나가자고 설득했다. 두 아이도 뭔가 느끼는 바가 있어 보였다.

광조는 고민이 컸다. 오늘 이 사안을 어떻게 처리할까. 본인이 신고자로서 학교폭력 신고를 진행하고 접수하기로 마음먹었다.

【학교폭력예방법 제14조 4항】

학교의 장은 학교폭력 사태를 인지한 경우 지체 없이 전담기구 또는 소속 교원으로 하여금 가해 및 피해 사실 여부를 확인하도록 하고, 전담기구로 하여금 제13조의2에 따른 학교의 장의 자체해결 부의 여부를 심의하도록 한다.

당해연도 가이드북 18쪽에도 동일한 내용을 언급하고 있다.

> 교사는 학교에서 많은 시간을 학생들과 같이 보내므로, 주의를 기울이면 학교폭력 발생 전에 그 징후를 발견할 가능성이 많다. 교사는 학교폭력 상황을 감지·인지했을 때, 신속하고 적극적으로 개입해야 한다.

광조는 이런 내용을 근거로, 주어진 사안이 어떻게 해도 학교폭력으로 해석될 수밖에 없는 상황이라고 판단했다. 다만 마음에 걸리는 것은 준혁을 향한 2차 가해 부분이었다. 학교폭력 신고를 진행하고, 준혁의 입지는 어떻게 될 것인가. 이미 교실 내 서열이 명확해진 학급에서 학교폭력 신고 절차만으로는 준혁을 보호할 수 없다. 이런 내용을 논의하고자 광조는 교감 나동현을 찾았다.

"교감 선생님, 학교폭력 사안이 발생했습니다."

"내용 말해주시죠."

준혁이 겪었던 사안을 비롯해 학급 내 분위기 등을 하나하나 설명했다.

교감은 사안 보고를 모두 들은 후, 학교폭력 신고 접수를 정식으로 하자고 말했다. 추가로 광조는 신고 접수 후 걱정되는 점들을 이야기했다.

"아무래도 준혁이라는 아이가 학급 내에서 위축되어 있으니, 이왕 신고하는 김에 학교폭력 사안에 대한 긴급조치 등을 추가로 적용해서 아이를 보호하면서 교실 분위기를 환기하는 것은 어떨까 합니다."

"그 생각도 좋긴 한데, 긴급조치를 했을 때 상대 쪽에서 민원 밀고 들어오면 이거 만만치 않아요. 그거 감당할 수 있겠어요?"

그 부분에 대해서는 광조도 설명할 수가 없었다. 학부모 민원을 당해낼 방법은 하나도 없었으니까. 가해자로 지목된 윤성의 부모가 심기가 상해 오히려 학교를 공격하는 시나리오도 사실 언제든 가능하다. 광조는 의견을 더 강하게 개진하기 어려웠다.

"접수는 처리하기로 하고, 긴급조치는 좀 더 지켜보고 결정하게요. 교장 선생님께도 그렇게 보고드리도록 합시다."

그렇게 사안번호 21-002호, 윤성 가해-준혁 피해 사안을 신고 접수했다.

15. 위선자

준혁은 그냥 이 일이 조용히 지나가길 바랐다. 일이 커지면 커질수록 자신에게 돌아올 불이익이 커질 것이라 직감했다. 왜 하필 그때 위광조 선생님이 들어온 걸까. 차라리 아무도 몰랐다면 그때만 참고 넘어가면 될 일인 것 아니었을까. 이런저런 생각이 가득했다.

사실 준혁은 이미 포기하고 내려놓은 것들이 많았다. 자기를 놀리고 낄낄대는 윤성 무리의 조롱쯤은 아무렇지 않았다. 자존심 상하고 화가 나긴 했어도, 그런 일들은 괜찮은 척 넘길 수 있었다. 시간이 갈수록 윤성 패거리의 힘이 더 세지는 것도 알고 있었다. 그리고 그게 옳지는 않다고 생각했다. 단순히 준혁 자신과 친하고 안 친하고의 문제가 아니라, 교실 분위기가 갈수록 안 좋아진다는 것도 느껴졌으니까. 돌이켜보면 윤성 패거리와 준혁의 사이가 안 좋아진 것은 결국 축구 때문이었다.

2주 전이었나.

윤성 패거리가 축구를 하고 있을 때, 준혁과 준혁의 친구들도 축구를 하러 왔다. 운동장에 골대는 4개가 있었고, 윤성의 패거리는 한 군데만 쓰고 있었다. 학교 공간은 누가 소유한 것은 아니니까. 그리고 공간도 넉넉했으니까. 준혁과 친구들은 자연스레 골대 한 곳을 차지하여 놀고 있었다. 그러다가 윤성 패거리가 다가왔다.

준혁과 친구들에게 축구 시합을 붙자고 했다. 윤성 패거리가 썩 좋은 아이들이 아닌 것은 잘 알고 있었지만, 그래도 축구는 축구일 뿐이니까 같이 한 번 붙어보기로 했다. 준혁과 친구들의 실력이 좀 더 좋았다. 10분이 지나지 않아 세 골을 넣어 경기는 3:0. 압도적인 흐름으로 흘러갔다. 그러자 윤성과 그 무리의 표정이 매우 안 좋아졌다. 어느 순간 경기는 거칠어졌다. 몸으로 밀치거나 옷을 잡는 행위가 많아졌다.

"아, 적당히 좀 해."

준혁이 말했다.

"너네가 비겁하게 경기하니까, 우리도 그렇게 할 뿐이야."

석오가 언성을 높이며 말했다.

"비겁하게 반칙으로 세 골 넣어놓고 적당히 좀 하라고 말하면 안 되지."

지열이 거들었다. 준혁과 친구들은 이건 좀 아니다 싶었지만, 마저 이어서 진행했다. 지열이 드리블을 할 때, 준혁이 재빨리 앞을 막았다. 굳이 충돌이 있고 싶지는 않아 태클까지 걸지는 않았다. 발로 살짝 공만 건드렸다.

"아야!"

지열이 소리를 빽 지르며 넘어졌다.

"야, 이 자식들이 너무 비겁하게 하네?"

그제야 말 한마디 없이 인상 쓰며 축구를 하던 윤성이 입을 열었다.

"야, 준혁아. 너 그렇게 안 봤는데 축구 더럽게 한다."

"그러게. 이렇게 하는 거면 우리는 같이 축구 하자고 말 안 했지."

"추잡하다, 추잡해."

윤성 패거리가 한 마디씩 더 거들었다.

"아, 됐다. 내가 미안하다. 이제 그만하자."

준혁이 인상을 팍 쓰며 말했다. 더는 이런 애들하고 같이 놀고 싶지 않았다.

"그냥 가면 안 되지. 지열이한테 제대로 사과해. 뭘 잘못했는지 사실대로 말해."

준혁의 팔을 낚아채 잡아당기며 윤성이 말했다.

"축구 하다 태클 걸어서 미안하다고. 됐냐? 야, 얘들아. 가자, 그냥."

그렇게 준혁과 친구들은 화를 참으며 자리를 떠났다. 윤성의 패거리가 준혁이를 괴롭히기 시작한 것은 바로 다음 날부터였다.

"준혁아, 축구 그렇게 더럽게 하면 안 되지."

"맞아, 낄낄"

준혁의 친구들은 모두 다른 반이었다. 준혁의 반에서 준혁의 힘이 되어 줄 친구는 없었다. 준혁이 발표를 하면 "아, 그게 뭐야.", "누가 그렇게 생각함? 크크"라는 식으로 빈정거리며 야유를 보내곤 했다. 눈치가 보여서 준혁은 점점 발표를 하지 않기 시작했다. 선생님이 종종 교실 속에서 울려 퍼지는 이상한 소리를 내지 말라고 말했지만, 윤성의 패거리는 자기들끼리의 암호를 만들었다.

"야야, 앞으로 차준혁이 발표하면 바보 같다는 의미로 파- 하고 소리를 내. 크크."

"좋다. 낄낄."

가끔이라도 준혁이 발표를 할라치면 교실 속에서 '파-' 소리가 울려 퍼졌다. 그게 무슨 의미인지 준혁은 알았기에 더욱 수업에 참여할 의욕을 잃기 시작했다. 수업 시간에 다른 생각이 가득했다. 내가 이렇게 행동하면 재네들이 또 뭐라고 놀릴까. 걱정과 근심이 쌓여 공부에 도통 집중을 할 수가 없었다.

"준혁아, 무슨 생각하니. 집중해야지."

담임 선생님이 지적하는 횟수도 늘기 시작했다.

"아, 준혁이가 오늘 좀 피곤해서 그렇대요. 봐주세요, 선생님."

조롱하는 웃음과 함께 윤성과 그 패거리는 준혁을 놀리지 않는 듯 놀리곤 했다. 담임 선생님이 요새 무슨 일이 있냐며 상담을 몇 차례 하곤 했지만, 준혁은 사실 그대로를 말할 수 없었다. 누군가가 나를 조롱하고 놀린다는 사실을 입 밖으로 꺼내는 것 자체가 수치스러웠다. 그것도 별것 아닌 아이들에게. 겨우 윤성과 같은 애가 자기를 괴롭히고 있다고 인정하는 것도 짜증 나는 일이었다. 그렇지만 그것은 현실이었다.

애써 부정하고 있었지만 분명했다. 준혁은 윤성에게 괴롭힘을 당하고 있었다. 하루는 준혁의 필통을 훔쳐 가 쓰레기통에 집어넣었다. 하루는 준혁의 의자를 복도에 가져다 놓았다. 교묘하게 담임 선생님이 알 수 없게, 준혁이 속상하고 분하도록 얄밉게 행동했다. 그러면서 체육 시간이나 그런 때에는 준혁에게 어깨동무도 하며 친한 척을 했다. 귓속말로 "똑바로 하자, 준혁아"라며 이를 악물고 화를 내려는 것이었지만, 다른 사람이 보기엔 그냥 같은 반 친구들로서 할 수도 있는 평범한 행동으로 생각될 딱 그 정도의 태도였다.

같은 반 민희는 준혁에게 가끔 괜찮냐고 물어보곤 했다. 그러다가 하루는 이렇게 말했다.

"준혁아, 김윤성이랑 걔네. 그냥 학교폭력 신고하면 안 될까?"

준혁도 그 생각을 안 해본 건 아니었다. 심심하면 학교에서 진행되는 학교폭력 예방 교육에서는 경찰이나 학교를 믿고 신고하라고 말했었으니까. 하지만 준혁은 그 방법을 그렇게 신뢰하지 않았다. 인터넷 커뮤니티에서 학교폭력 신고를 해봤자 별 도움이 안 된다는 내용도 자주 봤었다. 준혁은 힘없이 대답했다.

"신고해봤자 별 도움은 안 될 거야."

그런 준혁을 민희는 늘 안타깝게 바라봤다. 그렇게 윤성과 그 무리의 장난이 심각해지던 날, 생활부장 교사 광조가 준혁의 반에 들어온 것이었다. 이 사건이 학교폭력 신고로 접수되더라도 큰 도움이 안 될 거라고 준혁은 생각하고 있었다. 그냥 빨리 시간이 흐르는 게 답일 테니까. 그렇기에 광조의 관심과 물음이 귀찮기만 했다.

"준혁아, 학교폭력 신고 절차에서 가장 중요한 것은 피해를 본 사람의 의견이야. 윤성이가 너를 괴롭힌 내용을 자세히 설명해줄수록 학교에서 더 많은 도움을 줄 수 있어."

준혁은 그 말을 믿지 않는다. 이런 것이 어른들과의 대화로 해결이 될 거라는 믿음이 생기질 않았다.

"별일 아닌데요, 선생님. 그냥 좋게 잘 해결되면 좋겠어요."

"좋게라…. 선생님 생각엔 준혁이 네가 정말 원하는 방향을 진지하게 한 번 고민했으면 좋겠다."

내가 정말 원하는 방향. 그게 뭘까. 김윤성이 날 공격하는 걸 멈추는 것. 그거 하나인데. 근데 그게 어떻게 해야 해결될까. 이걸 지금 학교폭력으로 신고한다고 김윤성이 나를 그만 괴롭힐까? 나를 그만 놀릴까? 학교 선생님이 그만 멈추라고 말한다고 멈출까? 그걸 기대하는 것은 마치 한동안 사람들에게 조롱거리로 전락했던 '학교폭력 멈춰!' 캠페인과 다를 게 뭘까.

준혁의 생각이 복잡해졌다. 생각하길 멈추고 싶었다.

"선생님, 전 잘 모르겠어요. 어떻게 해야 좋을까요?"

준혁이 눈물을 흘리며 말했다. 준혁의 우는 모습을 보고, 광조는 입술을 다물며 안쓰러운 표정을 지었다. 그리고 준혁에게 말했다.

"내가 도와줄 수 있는 부분은 잘 도와주도록 하마. 물론 네가 걱정하는 것처럼 학교폭력 신고를 한다고 모든 게 한 번에 해결되거나 그러진 않을 거다. 하지만 이대로 당하고 있는 건, 더 안 좋은 일들이 생기게 되는 그런 전 단계가 될 것 같다. 뭐라도 해봐야 하지 않겠냐."

그 말을 들은 준혁은 한참을 머뭇거렸다.

그리고 고개를 끄덕였다.

16. 불안함

생활부장 교사인 광조가 직접 자신의 이름으로 학교폭력 사안을 신고했다. 학교폭력 신고를 원하지 않는 준혁을 설득했다. 가해 학생으로 추정되는 윤성과 석오, 지열을 훈계했다. 어떻게 보면 교사로서 너무나 당연히 해야 할 일이겠지만, 2021년의 광조에겐 그렇지만은 않았다. 앞서 교감과의 대화에서 알 수 있듯이, 현재 학교폭력 신고 및 접수 과정에서 학교와 교사는 약자였다. 언제든 민원을 당할 수 있는 존재였다. 그 민원의 방법도 참 다양하다.

광조도 언젠가 선배에게 들었다. 국민신문고, 언론 제보, 행정심판, 변호사 선임을 통한 고소 등 방법을 가리지 않고 접근한다고 했다. 그 모든 방법 앞에서 교사와 학교는 할 수 있는 것이 없다고, 그리고 어떤 해명의 목소리도 외부에 전달되지 않을 거라고 선배는 겁을 줬었다. 광조도 무서웠다. 그래도 지금 광조 앞에 놓인 사안은 명백히 학교폭력이었기에 광조는 자기가 옳다고 생각되는 일을 하고 있었다. 옳다고 생각하는 길은 좁은 문을 열고 나아가야만 갈 수 있었다.

사실 광조는 시작부터 어마어마한 벽을 만나게 되었다. 그 벽은 가해학생 김윤성의 정보를 서류로 작성하는 중에야 알았다. 김윤성의 보호자, 그러니까 엄마가 가담초등학교의 운영위원이자 학교폭력전담기구 위원인 최현정이었다는 것을.

가해 학생의 보호자가 누구냐에 따라 일 처리가 달라질 것이야 없지만, 이게 또 말처럼은 쉬운 일이 아니었다. 학교 내부에서 권력을 휘두를 수 있는 자가 가해 학생의 보호자라면, 그 권력이 어떻게 남용될 수 있을지부터 세심하게 살펴야 했다. 광조는 이번 학교폭력 사안을 조사하고, 전담기구를 소집하는 과정에서 윤성의 모, 그러니까 최현정이 참석하는 것은 제척 사유에 해당한다고 판단했다.

전담기구 자체에 대한 매뉴얼 상으로는 제척 사유에 따른 위원 참석 불가 내용은 없었다. 하지만 학교폭력대책심의위원회의 제척 사유에 따라 전담기구 위원에 대해서도 동일한 내용을 적용받을 수 있다는 교육청의 답변을 얻었다. 가해 학생의 보호자에게 신고 접수 사실을 안내할 때 최현정에게 위와 같은 내용을 전했다.

최현정은 애써 밝은 톤을 유지하며 말했다.

"아, 그럼요. 전담기구 심의에서 공정하게 사안이 잘 판단되어야 하겠지요. 저는 참석하지 않는 것으로 알겠습니다. 아무쪼록 저희 아이가 이런 일에 관여하게 되어 선생님께 죄송한 마음을 전합니다."

피해 학생 준혁의 모와 통화를 할 때 광조는 더 어려움을 느꼈다. 준혁의 모는 학교폭력 신고를 강하게 원하지 않았다.

"선생님, 괜히 저희 애가 시끄러운 일에 연루되는 것을 전 원하지 않아요. 그냥 조용히 넘어갔으면 하는데요."

"어머님 마음도 이해하지만, 준혁이가 당한 일은 명백히 학교폭력 맞습니다. 이대로 넘어가면 나중에 더 큰 피해가 생길지도 모릅니다, 어머님."

"준혁이는 그래도 괜찮다고 하던걸요. 오히려 학교폭력 신고를 해서 '쟤는 학교폭력 신고한 비겁한 애야.' 이런 식으로 소문이 나면 어떡해요."

준혁의 모가 걱정하는 바도 충분히 일리가 있었다. 하지만 준혁이 당하고 있는 피해 사실은 분명히 제지되어야 할 필요가 있었다.

"이대로 놔두면 준혁이 학교생활이 더 힘들어질지도 모릅니다. 단순한 장난으로 인한 신고가 아니어요, 어머님. 의도적으로 준혁이를 놀리고 그걸 이용해서 세력화하는 아이들도 있고요. 사안 내용 전달받으신 것처럼 그 행동의 수위도 그냥 넘어갈 그런 일은 아니라 생각합니다."

피해 측에게 신고를 권유하며 설득하는 모습이 참 아이러니하긴 했지만, 광조로서는 부모의 마음이 이해는 됐다. 지금의 학교폭력 신고 과정으로는 이 일이 해결될 리가 만무했다. 심의위를 가서 서면사과 처분을 받거나, 봉사활동 처분을 받는다고 한들 준혁을 향한 괴롭힘이 그 순간 끝날 거라곤 기대하기 쉽지 않았다.

"어머님, 제가 노리는 부분은 이겁니다. 학교폭력 신고를 접수하지 않으면 제가 아이들 훈육에 개입할 방법이 없어요."

광조의 설명은 다음과 같았다.

현재 학교폭력 신고 접수 과정은 행정적인 절차의 엄격성을 강조하고 있다. 반대로 이로 인해 정식 학교폭력 신고 접수가 이루어지지 않은 상태에서는 교사가 개입할 수 있는 방법이 없다. 학교폭력 신고가 되지 않은 사안에 대해 생활부장 교사가 아이에 대해 지적하면, 상대 아이는 부당한 훈육에 대해 지적하며 아동학대 신고를 할 수도 있다.

실제로 다른 학교에서 그런 사안이 발생한 적이 있었다. 학교폭력과 유사한 행태를 보이는 집단에 대해 교사가 지적하자, 교사가 아이에게 정서적 학대를 가했다며 신고했고, 이 사안이 그대로 기소까지 이루어졌다. 해당 교사는 처벌을 면하기 위해 무릎 꿇고 그 보호자에게 사과했다는 소문이 돌았다. 그 이후로 법적 처분은 없었으나, 그 교사는 여러 업무 진행이 어려운 상태에 빠졌고, 그 상처들로 결국은 휴직을 했다고 한다. 이런 식으로 교육적 조치는 현재로서는 무언가 법률적 내용이 바뀌거나, 행정적 수단이 보완되지 않으면 실행할 수가 없다.

하지만 학교폭력 신고 이후 하나의 단계를 거치면 교사의 합법적 개입이 가능해진다.

담당 교사가 '관계회복 프로그램'을 근거로 교육적으로 지도할 수 있는 수단이 생긴다. 이를 통해 준혁을 보호할 수 있다, 애써 노력하겠다. 이것이 광조의 설명이었다.

광조의 설명이 조금은 와닿았는지, 준혁의 모는 알겠다고 대답했다. 심의위까지 갈지는 모르겠지만, 우선은 피해 학생 보호자의 동의도 얻었기에 좀 더 당당하게 그 과정을 진행할 수 있었다.

광조는 이후 아이들과의 상담을 비밀리에 실시했다.

4학년 1반 아이들, 특히 준혁을 애써 위로해주던 민희의 의견도 귀담아들었다. 준혁을 괴롭히던 양태가 어떻게 변화했는지 자세히 기록했다. 담임교사 김지연의 관찰 기록도 참고했다. 다만 김지연은 학부모와의 마찰을 염려하며 자신이 김윤성에 대해 불리하게 기록한 바가 김윤성의 보호자에게 직접적으로 알려지지 않기를 원했다. 이 또한 이해되는 바였다. 광조는 다시 만반의 준비를 했다.

그렇게 사안번호 21-002호에 대한 전담기구 회의가 소집되었다.

17. 미완결

제2회 학교폭력 전담기구가 열렸다.

광조는 답답했다. 모든 과정은 광조의 계획과는 다르게 흘러갔다. 전담기구 위원들은 이 사안에 대해 심의위 사안으로 올리는 것에 부정적인 반응을 보였다. 교원 위원들은 광조의 의중을 물었다.

"상담 내역, 목격자 진술 등을 토대로 했을 때 피해 학생에게 앞으로 장기적인 피해를 줄 수 있는 부분이 존재한다고 생각합니다."

교원 위원들은 담당자인 광조의 판단을 신뢰한다고 했다. 학부모 위원들은 다소 입장이 달랐다.

"얼굴에 낙서를 그리는 행동이 무조건 학교폭력으로 간주되면 아이들의 모든 장난이 다 학교폭력으로 판단해야 한다는 건데, 이건 좀 무리가 있지 않을까요?"

"맞아요. 거기에 더해서 피해 학생의 보호자 측 진술이 다소 모호하네요. 관계회복 프로그램 참여는 원하지만, 가해 학생의 처벌도 그리 원하지 않는다고 서술되어 있고요."

가만히 듣고 있던 교감 나동현이 말했다.

"아무래도 그런 부분들을 잘 고민해야겠습니다. 특히 현재 학교폭력 신고는 결국 피해 학생 보호자의 뜻대로 되는 그런 구조이니까요. 다만 행위의 반복성을 책임교사이신 위광조 부장님이 확인하셨다고 하니, 우선 전담기구는 심의위로 이관할 것을 결정하되 남은 부분은 피해 학생의 보호자께 맡기지요."

전담기구는 해당 사안을 심의위로 이관하는 것으로 결정했다. 이것 또한 광조에게는 큰 부담이 될 수 있다. 전담기구 위원이자 운영위 위원으로 활동 중인 최현정을 적으로 돌리게 되는 판단이 될 것이다. 최현정의 의중을 알 수는 없지만, 어느 부모라도 자신의 자녀를 안 좋게 평가하는 걸 좋아할 리가 없다. 그것도 학교폭력 처분이 가능하게끔 심의위로 사안을 이관하겠다는 판단을 하고 있고, 여기에 필요한 결정적 증언을 광조가 했으니. 하지만 이런 사안이 학교장 자체해결로 정리되는 것은 교육적으로 옳지 않다고 생각하는 광조였다.

이대로 놔두면 4학년 1반은 곧 붕괴될 것이다.

4학년 1반의 아이들은 윤성의 뜻대로 흔들릴 것이다. 여기에 브레이크가 필요하다. 학교폭력 신고 절차의 진행, 그리고 관계회복 프로그램은 이를 위한 중요한 제동장치가 될 것이라 믿었다. 학교폭력 전담기구의 결정을 피·가해 측에 알렸다. 심의위로 사안을 이관할지 말지는 결국 준혁의 보호자가 결정하는 것이다.

최현정의 목소리는 좋지 않았다. 다소 언짢은 감정이 느껴졌다.

"뭐, 선생님께서 공정하게 잘 판단하셨겠지요. 아무쪼록 잘 부탁드리고 죄송합니다."

다음날이 되었다.

4학년 1반 담임교사 김지연으로부터 윤성이가 준혁에게 사과했으며, 이후 행동이 달라졌다는 이야기를 들었다.

"어쩌면 윤성이가 이 기회로 정말 달라질지 모르겠어요. 감사해요, 부장님."

고개를 갸우뚱거리며 광조가 말했다.

"우선은 다행이지만, 앞으로도 잘 지켜봐야 할 것 같긴 해요."

"그래도 학교폭력 신고 절차가 진행되니까 윤성이가 겁 좀 먹은 느낌이어요. 준혁이에게도 되게 잘 대하고, 많이 좋아졌어요."

그렇게 사람이 쉽게 바뀔 리가 있겠냐 싶었지만, 그래도 담임교사의 말에 장단을 맞추며 말했다.

"그러면 좋겠네요. 다행입니다."

그날 저녁 준혁의 모로부터 연락이 왔다.

"선생님, 저희는 그냥 심의위로 넘어가길 원하지 않습니다. 그냥 학교장 자체해결로 해주세요."

광조는 이 사안을 학교장 자체해결로 종결하면, 다시는 동일한 사안에 대해 문제를 삼을 수 없음을 설명했다. 하지만 준혁의 모는 심의위 이관은 자기가 원래 원하던 바가 아니었음을, 자신의 자녀가 큰 사건에 휘말리는 것 자체가 부담스러움을 이야기했다. 광조는 마지막으로 아이들의 교육적 조치를 위해 지난 통화에서 설명한 관계회복 프로그램 운영만큼은 참여에 동의해주길 독려했다.

준혁의 모는 다시 단호히 말했다.

"이제 더는 시끄러운 일들에 엮이고 싶지 않아요, 선생님. 준혁이랑 담임 선생님 말씀으로도 상대 아이가 많이 달라졌다고 하니, 이제 걱정 안 해도 될 것 같습니다. 이만 제 의사는 다 밝힌 것으로 하겠습니다."

광조는 알았다고 대답했다. 문서를 처리했다. 이거야말로 정말 학교폭력으로 처리했어야 할 사안이라 생각하는데, 그러지 못했다. 앞으로 4학년 1반 아이들이 어떻게 될지 걱정이었다. 과연 피해 학생의 보호자와 피해 학생 당사자, 그리고 담임교사는 이 사안을 제대로 바라보고 있는 것일까. 고민이 점점 커졌지만, 광조가 할 수 있는 것은 없었다.

늘 말하듯 학교폭력 신고 및 접수 과정에서 교사가 할 수 있는 것은 없다. 모든 것은 보호자의 선택으로 진행된다. 그렇게 사안번호 21-002호가 학교장 자체해결로 마무리되었다.

다음날이었다.

학교폭력 관련 공문이 왔다. '즉시 분리 의무 실시'라는 제목이었다. 무슨 내용일까. 문서를 열었다. 자세히 살펴보니 이 법률안은 매우 파급력이 큰 내용으로 구성되어 있었다.

이 법률안에 따르면 학교폭력 신고가 들어온 즉시 신고를 한 학생을 피해 학생으로 간주하고, 가해 학생과 최대 3일간 분리해야 한다. 두 학생이 교육 활동으로 겹칠 수 있는 가능성이 없는 상태이거나, 피해 학생과 보호자가 분리를 원치 않는 예외적인 상황을 제외하고는 반드시 양쪽을 분리하는 내용으로 해석되었다.

학교폭력 신고가 들어온 즉시
신고를 한 학생을 피해 학생으로 간주하고 가해 학생과 최대 3일간 분리해야 한다

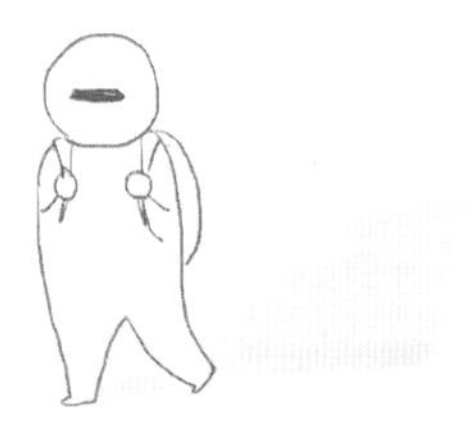

'뭐지, 신고하자마자 학생들을 반드시 분리하라고?' 광조의 머릿속에 다양한 시나리오가 그려졌다. 그러니까 가해 학생으로 신고 당한 학생은 아무 증거도 없이 무조건 교실에서 분리되어야 한다. 그래, 법적으로 말은 두 학생을 분리하라고만 되어 있지만, 자신을 피해 학생으로 간주하고 있는 그 학생이 교실에서 벗어나게 되면 더욱 큰 민원에 휘말리겠지. 결국은 가해 학생으로 지목된 학생이 교실에서 이탈할 수밖에 없다.

교실에서 쫓겨나면?

어떻게 되지? 갑자기 그 아이가 교실에서 사라지면 다른 아이들은 이 아이가 왜 사라졌나 궁금해하지 않을까? 이 상황에서 학교폭력으로 접수되었다는 사실관계가 소문이 나지 않도록 비밀유지를 담임교사가 할 수 있을까? 학교폭력 가해자로 지목되었다는 소문이 돌면, 민원은 어떻게 감당하지? 자신의 아이가 학교폭력 가해자로 소문나는 것에 대해 화나지 않을 보호자가 존재할까?

머리가 아팠다. 결국은 아무 증거도 없이 가해자로 지목된 학생을 무조건 분리할 수밖에 없는 법안이었다. 이런 법안이 통과되다니. 끔찍했다. 무죄 추정의 원칙이나 그런 것은 어디로 간 걸까.

'교사들이 똑바로 안 하니 이런 법이 생기지.', '학교폭력 가해자 놈들은 쫓겨나야지. 너무 당연한 거 아니냐.' 기사에는 이런 댓글들이 보였다. 아니다, 그건 아니다. 이미 긴급조치를 통해 학교장이 필요하다면 피해학생과 가해 학생을 분리할 수 있다. 법적으로 이런 방법이 이미 존재한다. 하지만 지금 생긴 법안은 이런 것을, 그리고 헌법적인 가치마저 초월한다. 신고를 하면 무조건 가해자가 되고, 가해자 취급을 받으며, 심지어는 학급에서 쫓겨나야 한다. 억울한 아이들이 늘어날 것이다.

무서웠다.

이제 어떻게 될까.

학교와 교실은 어떻게 흔들릴까.

사안번호: 21-003

18. 거짓말

며칠 동안 아무 일 없이 하루하루가 흘렀다. 모처럼 광조는 자기 반 아이들에게 집중할 수 있었다.

광조네 반 아이들은 정당을 만들어서 운영했다. '평등한 광조민반을 만들자!'라며 평호당을 윤호가 만들었다. '빛이 나는 광조민반을 위해 노력하겠다!'라며 빛가람 사랑당을 찬우가 만들었다. 두 정당에 아이들이 가입하고 서로의 지지세력을 모으기 위해 노력하는 과정이 무척 귀여웠다.

아이들은 포스터를 만들고, 홍보하며 자신 정당 소속의 의원이 많이 확보되도록 노력했다.

그렇게 총선을 통해서는 반회의원, 광조민반의 국회의원을 뽑았고, 대선에서 반통령, 그러니까 광조민반의 대통령을 뽑았다. 제1대 반통령 선거에서는 빛가람 사랑당의 찬우가 당선되었다. 찬우는 행정부 내각을 자기 정당 소속으로 채우되, 상대 정당의 대표인 윤호를 반무총리(국무총리에 해당)로 임명했다.

두 정당의 화기애애한 분위기 속에서 광조민반의 정치 시스템이 원활히 구축되고 운영되었다. 반회의원 중 한 명인 시율이는 광조민반의 세금이 가장 적절히 거둬질 수 있는 세율을 계산했다. 이를 통해 행정부도, 광조민반의 반민(국민에 해당)들도 모두 동의할 수 있는 적정선의 세금을 거둘 수 있도록 계획했다.

그사이 광조민반의 헌법과 대한민국 헌법을 기초로 하여 변호사 선발 시험이 있었다. 변호사 선발 시험에 우수한 성적으로 통과한 해리, 철이, 지안이는 판사로 임명되고, 다른 우수 성적자들은 검사와 변호사로 활동했다. 그렇게 구성된 정부를 바탕으로 다양한 교과를 연계 운영했다.

교육부 장관으로 임명된 현율이는 친구들이 더욱 재밌게 공부할 수 있는 이벤트를 만들었다. 참 보기 좋았다. 이렇게 행복하면 되겠다 싶었다. 그러나 늘 그렇듯 험난한 어려움은 행복 속에 찾아온다.

광조 반 내선 전화기로 연락이 왔다. 4학년 1반 담임교사 김지연이었다.

"선생님, 어떡하죠. 저희 반에서 학교폭력 신고가 다시 접수되었어요, 정말 죄송해요."

괜찮다고 다독이며 무슨 일인지 물었다.

"하, 선생님 그게……."

김지연의 설명은 다음과 같았다.

피해 학생은 정지열이었다. 김윤성의 오른팔 역할을 제대로 하던, 그리고 차준혁의 얼굴에 김윤성이 낙서를 할 때 바로 옆에 있던 바로 그 아이다. 가해 학생은 차준혁.

지열은 얼마 전 축구를 하다가 준혁에게 다리를 걷어차였던 사건으로 신고했다.

"선생님, 게다가 지열이의 일을 다른 아이들이 목격자로 진술하겠다고 나서서요…."

광조의 머리가 지끈거렸다. 정말 이 일을 접수하게 되는 걸까. 마지막 기대를 품고 김지연에게 물었다.

"지열이가 지금 장난으로 하는 걸까요, 진심으로 학교폭력 신고를 원하는 걸까요."

"진심으로 신고하겠다고 제게 직접 말했어요."

"우선 바로 진행하겠습니다, 선생님."

"네, 감사해요. 하, 부장님. 그런데 아무리 생각해도 이건 준혁이가 정말 가해자일 것 같지는 않은데요. 어떡하면 좋죠."

"저희가 취할 수 있는 방법이 행정적으로는 없습니다. 선생님께서는 아이들 전체적인 분위기, 학급 내에서 잘 잡아주시는 쪽으로 신경 써주세요. 학교폭력 관련해서는 우선 제가 전적으로 진행하겠습니다. 전후 상황도 마침 제가 알고 있으니까요."

"네, 잘 부탁드리겠습니다. 부장님."

광조는 학교폭력 신고 접수를 위한 서류를 바삐 준비했다. 피해 학생으로서 지열의 의견서를 일대일 면담을 통해 받았다. 가해 학생으로서 준혁과 이야기를 나누고 의견서를 받았다. 피해 학생의 보호자인 지열의 모와 문자 및 통화를 나누고 의견서를 다음 날 제출하기로 약속받았다. 가해 학생의 보호자인 준혁과 이야기를 통화를 나누고 의견서를 다음 날 제출하기로 약속받았다.

피해 학생인 지열은 당당했다. 축구를 하다가 다리를 걷어차였으니, 이건 당연히 학교폭력이라고 말했다. 자기가 듣기로는 학생이 피해를 입으면 무조건 학교폭력 아니냐며, 바로 신고를 원한다고 당차게 말했다. 그러면서 축구 시간에 이런 행동이 또 있을까 겁이 난다고 했다.

가해 학생인 준혁은 억울해하고 마음 아파했다. 자기가 괴롭힌 적은 한 번도 없었다고, 같이 축구를 하다가 우연히 부딪힌 것뿐이라고 항변했다. 그러나 생활부장 교사 광조가 해줄 수 있는 것은 아무것도 없었다.

피해 학생 지열의 보호자는 분노에 가까운 반응을 보였다.

자기의 아이가 축구를 하다가 걷어차인 것이 학교에서 있을 수 있는 일이냐며 화를 냈다. 학교에서 똑바로 지도해야겠다고, 아무튼 요새 학교는 교사로서의 사명감도 없으니 도통 믿을 수가 없다고 말했다. 자기가 교사라면 체육 시간이나 방과 후 시간 중 아이들이 놀 때 상대를 다치지 않게 하는 방법을 자세히 안내해줄 것 같다며, 교사들에게 그런 내용에 대해 자세히 제공하는 연수나 교육 시간이 필요하겠다는 전문가적인 조언도 곁들여줬다.

새로 생긴 즉시 분리 제도를 안내받으며, 고작 하루 이틀 정도의 분리가 무슨 의미냐고 되물었다. 그러더니 할 수 있는 만큼 최대한, 그렇게 못되고 나쁜 악랄한 아이를 당장이라도 교실에서 쫓아내고 싶다고 했다. 즉시 분리 기간은 3일이 확정인 셈이다. 마지막으로는 병원에 가서 진단서도 끊어볼 생각이라며 고생하라는 말과 함께 전화를 끊었다.

가해 학생 준혁의 모는 자기는 자기 아이에게 있던 큰일도 그냥 넘어갔는데, 아이들이 놀다 다친 이런 일로 학교폭력 신고가 접수되어야 하냐며 화를 냈다. 거기에 얼마 전까지는 없었던 즉시 분리 제도에 대한 반감도 매우 컸다. 자기 아이가 아무 증거 없이 신고를 당했다는 이유 하나만으로 교실에서 수업을 들을 수 없다는 현실을 이해하지 못했다.

준혁 모의 마음이 충분히 이해가 갔다. 하지만 생활부장 교사 광조가 해줄 수 있는 것은 그저 들어주고 위로해주는 것뿐이었다. 이번 사안을 접수하면서 광조는 올 것이 왔다고는 생각했다. 학교폭력 신고 제도가 언젠간 악용될 수 있다고는 느꼈으니까. 하필 즉시 분리 제도가 갑자기 생겨나면서, 준혁과 준혁 보호자가 겪고 있는 이 상황의 무게감이 더욱 커졌을 뿐이다. 거기에 더해 지열과 지열의 보호자는 학교폭력 신고 체계의 맹점을 잘 간파하고 있는 듯한 기색이 느껴졌다.

지열은 학교폭력의 성립 조건을 정확하게 알고 있었다. 아직 4학년밖에 되지 않은 아이의 입에서 '학생이 피해를 입으면 무조건 학교폭력'이라는 표현이 나왔다. 지열의 보호자는 진단서를 운운하기 시작했다. 너무

나도 잘 알고 있단 듯이. 그렇다. 이것은 지열과 지열 보호자만의 판단이 아니다.

배후엔 누가 있을까.

이것도 금방 쉽게 떠올랐다. 윤성의 모 최현정은 학교폭력 전담기구 위원으로서 많은 정보를 알고 있다. 어쩌면 이 학교 안에서 광조와 교장, 교감만큼 학교폭력 관련 정보를 잘 알고 있는 이는 윤성의 모일지 모른다. 전담기구 위원으로 위촉되면서, 그리고 그 이후로도 생활부장 교사 광조를 통해서 수많은 정보를 꾸준히 얻었다. 그리고 하필 준혁과 얼마 전 학교폭력 신고 건으로 마찰도 있었고.

만약 그녀가 배후라면? 아니 그녀가 배후인데…. 이제 어떻게 사안이 흘러갈까? 이 일은 해결이 쉽지 않을 것이란 생각이 들었다. 어떻게 해야 좋을지 알 수가 없었다.

19. 가해자

【학교폭력예방 및 대책에 관한 법률】

제16조(피해 학생의 보호) ① 심의위원회는 피해 학생의 보호를 위하여 필요하다고 인정하는 때에는 피해 학생에 대하여 다음 각호의 어느 하나에 해당하는 조치(수 개의 조치를 동시에 부과하는 경우를 포함한다)를 할 것을 교육장(교육장이 없는 경우 제12조 제1항에 따라 조례로 정한 기관의 장으로 한다. 이하 같다)에게 요청할 수 있다. 다만, 학교의 장은 학교폭력사건을 인지한 경우 피해 학생의 반대 의사 등 대통령령으로 정하는 특별한 사정이 없으면 지체 없이 가해자(교사를 포함한다)와 피해 학생을 분리하여야 하며, 피해 학생이 긴급 보호를 요청하는 경우에는 제1호, 제2호 및 제6호의 조치를 할 수 있다. 이 경우 학교의 장은 심의위원회에 즉시 보고하여야 한다.

광조는 3일간의 즉시 분리 계획을 세웠다.

준혁의 학습이 피해를 받지 않게끔 학습 계획이 포함되어야 한다. 동시에 준혁이 학교폭력으로 신고를 받아 쫓겨났다는 느낌이 풍기면 안 된다. 즉시 분리 장소를 선택하고, 이를 관리할 교사를 배정하는 것만으로도 머리가 아팠다. 즉시 분리를 해서 교실 내 공간을 달리하더라도, 학생에게는 학습의 권리가 보장되어야 한다.

학습이 제대로 구현되도록 해야 하며, 이 부분을 보장하기 위해 즉시 분리가 진행되는 동안에도 학생에게는 '교원자격증'을 가진 정식 교원이 배치되어야 한다. 다른 행정직 및 공무직 직원들은 배정 대상이 아니다.

그러면서 각 특별실을 지켜야 하는 영양 교사나 보건 교사도 배치할 수가 없다. 결국 각 반 담임이나 교과전담 교사만을 배치해야 한다.

지금은 하필 전 세계적으로 심각한 호흡기 전염병이 크게 유행하는 시기. 안 그래도 학교에는 빈자리가 많았다. 당장 광조네 옆 반 담임 구성희도 병가를 들어간 상황이었고, 전체적으로 4~5명의 교사가 학교에 없었다. 이런 상황을 알기에 교사들은 제대로 회복하지도 못하고, 아픈 이들도 의무격리 기간만 해제되면 바로 출근을 했다. 그래도 근무 현황 자체에 어려움이 컸다. 교육지원청에서 요청할 수 있는 순회교사 시스템도 마비 상태였다. 어떻게 해도 교사를 배정할 수가 없었다.

머리가 아팠다.

어쩔 도리가 없어 교감 나동현에게 상황을 말했다. 상황이 그러니 당연히 자기가 아이를 맡겠다고 해주었다. 정말 다행이었다. 관리자가 이 상황에서 모른 척한다면, 담당 교사로선 답이 안 나오는 상황이니까. 담임교사에게 진도 상황에 맞는 학습자료를 미리 준비하도록 안내했다. 준혁은 교무실에서 교감 나동현과 3일 동안 학습을 진행하기로 했다.

광조는 준혁에 대한 안 좋은 소문이 학급 내에서 돌지 않기를 원했다. 아이들이 준혁이 왜 교실에 없는지 물어보면, 다른 특별 수업으로 장소를 이동했다고 잘 둘러대기로 담임교사가 약속했다. 즉시 분리 제도를 사전에 안내했던 공문만 봐도 답이 안 나오는 제도라고 생각하긴 했다. 그런데 정말 직접 해보니, 이건 정말 끔찍했다.

가해 학생으로 지목된 아이를 지켜줄 방법이 없었다. 그 신고가 허위이든 사실이든 말이다. 거기에 더해 업무 담당자로서 말도 안 되는 걱정들을 연달아 갖게 되었다. 준혁의 보호자는 이 상황을 받아들일까. 속상함이 불만으로 전환되지는 않을까.

그사이 윤성과 지열, 석오는 4학년 1반에서의 자신들의 입지를 더욱 공고히 했다. 광조와 담임교사의 노력이 무색하게도 준혁이 학교폭력 가해자로 신고되었으며 이 때문에 교실에서 쫓겨났다는 소문이 돌기 시작했다. 자신들의 힘으로 한 아이를 교실에서 쫓아낼 수 있음을 경험한 아이들은 기세가 등등해졌다. 4학년 1반 아이들 사이에서도 윤성에게 잘못 보이면 교실에 들어오지도 못하게 된다는 두려움이 생겨났다. 윤성의 모가 학교폭력 전담기구 위원을 맡고 있다는 이야기도 이러한 두려움에 일조한 듯했다.

이 과정에서 4학년 1반의 아이들은 의문을 가졌다.

윤성이 아무리 축구를 잘하고 우리들 사이에서 잘 나간다고 한들, 담임 선생님은 왜 준혁이를 보호하지 못했을까? 윤성이와 윤성이의 엄마가 담임 선생님보다 센 건가? 우리들 사이에서 윤성이가 입김이 세고 그런 거야 선생님이 원래 어쩔 수 없는 거였지만, 그거야 이해하지만. 윤성이가 시켜서 지열이가 일을 과장해서 신고한 것을 선생님들은 모른 것일까? 알면서도 준혁이가 신고되게 넘긴 것일까? 이런 생각들이 아이들 사이에서 퍼지면서 4학년 1반과 가정에서의 담임교사를 향한, 그리고 학교를 향한 신뢰가 모두 사라지게 되었다.

제도에 대한 이해 없이 이런 현상을 훑어본 사람들에겐 거짓 신고인 것을 학교가 알았든지 몰랐든지, 어느 쪽이든 간에 학교는 무능하거나 악하거나 둘 중 하나라는 결론이 나올 뿐이었으니까.

담임교사의 지시를 바로 따르기보다 윤성의 눈치를 살피는 아이들도 생겨났다. 어쩌면 참 당연한 일이었다. 법과 제도에 따라 윤성은 아이들을 괴롭힐 수 있었고, 법과 제도에 따라 담임교사는 아이들을 지킬 수 없었다. 그렇게 많은 것이 달라졌다는 것을 교실 속 학생들은 모두 피부로 느끼고 있었다.

3일의 마지막 날, 담임교사가 없는 틈에 윤성은 이렇게 말했다.

"아, 학교폭력 가해자가 우리 반에서 뻔뻔하게 웃고 있는 건 좀 아니지 않냐?"

지열은 맞장구를 쳤다.

"그러게, 우리 학교에 설마 그런 범죄자 새끼가 있으면 안 되지. 낄낄."
그렇게 가해 학생 준혁의 즉시 분리 기간 3일이 마무리되었다.

20. 목격자

【학교폭력예방법 제21조(비밀누설금지 등)】

① 이 법에 따라 학교폭력의 예방 및 대책과 관련된 업무를 수행하거나 수행하였던 자는 그 직무로 인하여 알게 된 비밀 또는 가해 학생·피해 학생 및 제20조에 따른 신고자·고발자와 관련된 자료를 누설하여서는 아니 된다.

광조의 걱정은 어떻게 하면 준혁의 억울한 처분을 막을 수 있냐는 것이었다. 두 아이 입장을 모두 들었을 때, 사실 축구를 하다가 다리가 서로 부딪힌 것은 상식적인 개념에서의 학교폭력에는 포함되지 않는다. 하지만 법은 다르다. 피해자가 학생이면 어떤 일이든 학교폭력으로 접수 및 처리가 이루어진다. 법률의 영역에서는 이런 일도 결국은 학교폭력이 맞다. 그러나 교사로서 진실을 말하자면 이것은 학교폭력이 아니다.

오히려 준혁은 피해자다.

이것을 어떻게 입증할 수 있을까. 준혁이가 많이 의지하고 있는 것으로 보인 민희가 떠올랐다. 다만 민희를 만나서 이 사안에 대해 어떻게 물어봐야 할지 또 답답했다. 학교폭력 사안 때문이라고 이유를 밝힐 수가 없다. 학교폭력 사안의 비밀유지를 법률이 강제하고 있기 때문이다. 가해학생과 피해 학생에 대한 정보는 물론이거니와, 학교폭력으로 접수되었다는 말 자체를 꺼내지 않으면서 민희의 목격 서술을 끌어내야만 했다.

쉬는 시간에 4학년 복도로 간 후, 담임교사를 통해 몰래 교원연구실로 민희를 불러냈다. 광조가 조심스럽게 물었다.

“민희야, 혹시 준혁이랑 지열이의 관계를 좀 말해줄 수 있을까?”

민희가 눈을 달싹거리더니 한숨을 한 번 ‘휴-’ 내쉬고는 말했다.

“선생님, 준혁이는 학교폭력 가해자가 아니에요.”

민희가 어느 정도 사안을 파악하고 있다는 생각이 들었다.

“어디부터 어디까지 알고 있니.”

“제가 4학년 1반 학생이니까 모두 다 알고 있죠. 준혁이가 학교폭력 가해자로 신고되고, 즉시 분리인가 뭔가로 교실에서 쫓겨난 것도요."

"누구한테 그걸 들었어."

"김윤성이랑 정지열, 신석오 애네요. 교실에서 준혁이가 나빠서 쫓겨난 걸로 이미 소문도 쫙 내버렸어요."

"그랬구나. 하, 답답하다."

"아니, 선생님. 준혁이가 학교폭력 할 애가 아니란 건 다 알지 않아요? 어떻게 그냥 이렇게 준혁이가 벌을 받게 할 수 있어요?"

분에 차 소리를 지르는 민희에게 어디부터 설명해줘야 좋을까 싶었다.

"아직 뭐 누가 벌을 받았느니 뭐니 그런 게 결정된 단계도 아니야. 그리고 지금 민희 널 만나러 온 것도 준혁이의 억울함을 좀 해결할 수 있을까 방법을 찾아보려고 하는 거고."

민희는 못마땅해하는 표정을 지으며 하나하나 말하기 시작했다.

"김윤성 얘네가 준혁이 미워하는 건 선생님도 이미 알고 계실 것 같아요. 근데 이번에 신고한 건, 축구 하다 일어난 일 같은 걸로 신고한 거 맞죠?"

광조는 고개를 위아래로 끄덕였다.

"그거 오히려 준혁이랑 준혁이 친구들이 억울한 일들 좀 당해서 속상해했던 날이라 저도 기억나요. 그때 톡으로 이야기했거든요. 그리고 그날 준혁이가 때린 것도 아니라 같이 축구하다가 그냥 단순히 다리 부딪힌 거고요."

혹시 그날 주고받은 메시지를 보여줄 수 있냐 물었다.

"음, 뭐 준혁이도 자기 억울함 풀기 위한 기회니까 괜찮겠죠."

민희가 스마트폰 패턴을 열고 준혁과 주고받은 메시지를 보여주었다. 사건이 있던 당일, 준혁은 그날 있었던 경기 때 느낀 불쾌함을 민희에게 말했었다.

"민희 네가 이미 다 알고 있으니 선생님도 솔직히 물어보마. 해당 사안에 대해서 목격자 진술을 해줄 수 있겠니?"

민희는 고개를 끄덕이며 말했다.

"제가 알고 있는 건 사실 그대로 모두 말할 수 있어요."

광조는 목격자 확인서를 꺼냈다. 민희는 그동안 4학년 1반에서 있던 일, 자기가 보고 들은 일들을 담담히 적어냈다. 준혁이 언제부터 괴롭힘을 당하기 시작했는지, 준혁이 즉시 분리조치를 이행하느라 교실을 비운 사이에 어떤 조롱들이 오고 갔는지 하나하나 표현했다.

어린 나이에 이 정도의 집중력이 대단하다 싶었다.

"열심히 써줘서 고맙구나."

"아니에요."

민희가 새침한 표정으로 말했다.

"준혁이가 그만 괴로웠으면 좋겠어요. 준혁이 좀 구해주세요."

광조가 알았다며 고개를 끄덕였다.

"선생님이 여기서 뭘 딱 해결하겠다는 약속을 해줄 순 없어 미안하다. 하지만 네가 자세히 적어준 이 내용을 잘 전달하마. 학교폭력 법률 때문에 선생님이 교사로서 할 수 있는 게 참 없구나."

별 이야기를 다 한다 싶으면서도 민희에게 속마음을 조금 털어놓았다.

"뭐, 저도 알아요. 윤성이 엄마가 무슨 학교폭력 위원 같은 거라서 준혁이한테 더 불리하게 되는 것도 있죠?"

"음…. 딱히 그런 것은 아니야. 관련된 사람은 회의에 참여할 수 없도록 하기도 하고."

"아이들 사이에선 윤성이 엄마가 그런 거 맡고 있어서, 준혁이가 더 힘들게 될 거라고 말 나오던데요."

정말 민희의 말처럼 윤성의 모가 전담기구 위원에 있는 게 부담스러웠던 광조인지라, 자신도 모르게 고개를 끄덕거리고 있었다.

21. 마무리

학교폭력 전담기구를 소집했다.

민희를 안심시키며 관련된 사람이 회의에 오지 못할 것이라고 말한 내용을 지킬 수는 없었다. 최현정이 준혁에 대해 부정적인 판단을 내릴 것이라는 심증은 있었지만, 명확한 제척 사유는 존재하지 않았다. 이미 학교장 자체해결로 종결된 사안이기에, 윤성과 준혁 사이에 있었던 일을 근거로 윤성의 모인 최현정이 회의에 오지 못하도록 할 근거는 없다는 교육청의 해석이었다.

최현정을 포함한 모든 전담기구 위원들이 참석했다. 사안 조사 보고서에는 광조가 조사한 내용들을 모두 담았다. 준혁과 지열의 각자 입장이 담긴 의견서. 보호자들의 주장이 담긴 의견서. 지열의 다리 부상에 대한 진단서. 목격자 민희의 진술서. 진단서와 지열과 지열의 보호자 의견서만으로 이 사안은 심의위원회에 가게 된다. 그래도 광조는 전담기구 회의에서 진실이 논의되기를 원했다.

회의를 마무리하면서 말했다.

"진단서가 제출되었고, 피해 학생과 보호자는 모두 강한 처분을 원하고 있습니다. 관계회복 프로그램에도 동의하지 않고 있습니다. 가해 학생과 보호자는 사과의 의사를 밝힘과 동시에 억울한 면이 있음을 말했습니다. 같은 반 목격 학생은 가해 학생이 오히려 학교폭력의 피해 사실이 있음을 서술했습니다. 이를 바탕으로 전담기구 위원님들의 지혜로운 판단 부탁드립니다."

위원들이 한숨을 쉬기도 하고, 골똘히 고민하며 경위 보고서를 읽기도 하며 잠시 정적이 흘렀다. 그러다 최현정이 손을 들었다.

"네, 최현정 위원님. 말씀해주세요."

"뭐, 다들 아시다시피 저희 반 아이들의 이야기도 해서 큰 근심과 걱정으로 해당 사안을 살펴보고 있었습니다. 그러다 보니 피해 학생, 가해 학생의 상황도 아무래도 더 잘 듣고 있었어요. 그렇게 아이들을 위하는 학부모의 마음으로 의견 덧붙이겠습니다."

무슨 말을 하려고 이렇게 전제를 까는 걸까. 영 느낌이 좋지 않았다.

"지금 목격자 진술이라고 나온 아이는 이름이 표기되어 있지 않지만, 아마 가해 학생과 되게 친한 아이일 것 같다는 생각이 들어요. 가해 학생을 과도하게 옹호하고 있는 것처럼 보이고요. 들리는 소문으로는 가해 학생이 사건 당일 축구를 같이 할 때, 패거리로 몰려다니면서 다른 무리에게 화도 내고 그랬다고 합니다. 서로 감정이 상한 상태에서 다리를 세게 가격한 일은 단순한 사고로 보기엔 어렵다고 봅니다. 아이들은 그렇게 생각보다는 단순하고, 생각보다는 감정적이니까요."

최현정이 회의 속 자리 잡고 있던 무거운 색깔에 맞지 않게 생글생글 웃으며 덧붙였다.

"학교폭력 사안 처리가, 예전에 우리 생활부장님께서 학부모 안내자료에 보내주셨듯이, 아이들을 처벌하기 위한 그런 조치가 아니잖아요? 올바르지 못한 행위에 대해 제지하고 교육적으로 조치를 취하기 위한 목표도 있는 거잖아요. 그 점에서 가해 학생의 행위는 어느 정도 학교폭력 신고 절차에 따라 그 '교육적인 조치'를 잘 밟아야 우리 학부모들이 안심할 수 있지 않을까 싶어요."

최현정의 목소리에는 당당함이 있었다. 제삼자가 듣기에는 틀린 구석도 없을 것 같았다. 그걸 듣고 있는 광조의 속은 답답함으로 가득 찼지만. 그걸 아는 것인지, 광조의 눈을 응시하며 최현정은 덧붙였다.

"아, 그리고 뭐 오늘 사안은 진단서가 제출되었으니 저희가 논의할 사안도 아니긴 하네요. 심의위원회 이관은 기본인 거잖아요? 그쵸?"

맞는 말이었다. 심의위 이관은 결정된 것이지만 광조는 다른 일들을 논의하고 싶었다. 접수된 사안에서 가해자로 지목된 준혁이 단순한 가해자가 아님을 이야기하고 싶었다. 하지만 그런 내용은 논의조차 될 수 없었다.

"어머님 말씀처럼 그렇게 조치를 하는 게 맞다 생각하네요."

교감 나동현이 말했다. 다른 위원들도 고개를 끄덕였다. 그렇게 준혁 지열의 사안은 심의위로 넘어갔다. 광조가 지열의 보호자 마음을 돌리려고 전화를 걸었지만, 그것은 모두 부재중 통화로 마무리되었다. 관계회복 프로그램도 동의하지 않았다. 광조가 교육적으로 개입할 여지가 없었다. 교육적인 조치를 표방하고 있는 학교폭력 신고 절차에 교육적인 개입은 존재하지 않았다.

한 달 뒤, 준혁은 교내 봉사 처분을 받았다.

광조가 할 수 있는 것은 아무것도 없었다.

사안번호: 21-004~007

22. 생활

학교폭력 사안을 처리하면 처리할수록 광조의 마음에는 불편함만 더해졌다. 사안을 잘 처리했다는 자부심이나 뿌듯함 따위의 감정이 들어설 공간은 없었다. 어쩌면 이렇게 모든 일이 교육적이지 않은 방향으로만 흘러가고 있는 걸까?

답답함이 컸다.

그래도 광조에겐 광조의 아이들이 있었고, 거기에서 힘을 얻었다. 광조는 다시 시선을 아이들에게 돌렸다. 아이들은 아직도 광조민반 프로젝트 활동에 깊게 몰입을 잘하고 있었다. 국가적 수입을 늘리기 위해 광조가 제안했던 '개인별 학습지 수출'을 국가적 사업으로 채택하였다. 학생 한 명 한 명이 수업 시간에 공부한 내용을 정리하여 학습지를 만들면 한 장당 100래빗 정도로 인정해주는 활동이었다. 광조민반 내부 경제활동만으로는 한계를 느낀 반통령 찬우의 주도하에 각 행정 기관이 수출품 제작을 위한 모둠 활동을 구성했다. 일종의 태스크포스였다. 동시에 내부 구성원들이 과세 금액에 대해 불만이 있다고 느낀 반회의원 시율은 세금을 다소 낮추는 법률안을 제출하여 통과시켰다. 이렇게 국가 운영 놀이 활동에 즐겁게 몰입하는 광조 반 아이들이었다. 그러나 그 속에서도 활동에 그렇게 썩 열심히 참여하지 않는 아이 한 명이 있었다. 채성이었다.

광조는 채성을 학기 초부터 관심 있게 살펴보고 있었다. 학급 편성이 아직 안 된 시점에, 학교 앞 문방구 길에서 채성과 인사한 적이 있었다. 채성은 환하게 웃으며 "안녕하세요, 선생님!" 인사를 했다. 참 예뻤다.

"그래, 반갑다. 학원 가는 길이냐?"

"네, 오늘 바빠요. 크크."

"그래, 방학에도 고생이 많다."

웃는 얼굴이 참 고운 아이였다. 이런 밝은 아이가 내 반이면 좋겠다, 가볍게 생각하고 지나갔다. 놀랍게도 정말로 그 채성이 광조 반 아이가 되었다. 하지만 채성은 그 뒤로 학교에서 그 밝은 모습을 다시는 보여준 적이 없었다. 광조가 억지로 쉬는 시간에 말을 걸고, 시답잖은 농담을 걸 때에서야 비로소 가벼운 미소를 지을 뿐이었다.

뭔가 문제가 있다 싶었다.

광조는 채성의 마음을 열기 위해 학기 초부터 꾸준히 노력했다. 계속 말을 걸고, 쉬는 시간에 되지도 않는 장난을 치기도 했다. 그때마다 채성은 살짝 웃음을 짧게 보여주고 다시 깊은 생각에 빠졌다.

채성의 마음에 다가가기 위해 노력하면서 또 다른 작업을 들어갔다. 첫 번째로는 채성을 둘러싼 주변 친구들의 관계를 확인해야 했다. 채성이 친하게 지냈던 아이들이 누구였는지 알아보았다. 일단 채성은 친한 친구가 없어 보였다. 가장 믿을 수 있는 경아를 불렀다. 경아는 광조가 학기 초에 만들어둔 또래상담 동아리에 가입되어 있기도 했다.

"경아야, 혹시 채성이가 친했던 친구들을 아니?"

경아는 골똘히 눈알을 굴리며 생각하다 말했다.

"저희 반에서는 환희랑 하은이? 개네들이랑 친했었어요. 그런데 요새는 같이 잘 안 노는 것 같아요."

"환희는 경아 너랑 친하지 않아?"

"아, 그런데 어제 싸웠어요. 헤헤."

'아이들이 싸우고 친해지는 건 뭐 늘 있는 일이니까'라고 생각하며 광조는 고개를 끄덕였다.

"뭐, 환희랑 너랑 싸운 건 큰 건 아니지? 내가 걱정할 만한 일이야?"

"에이, 아니죠. 곧 화해할게요. 걱정 마요, 선생님."

"그래, 경아랑 환희 믿는다. 다시 이야기 돌아가서, 선생님은 채성이도 그렇고 우리 반 친구들이 다 같이 친하게 지냈으면 좋겠거든."

"알죠, 선생님. 우리 반 그래도 잘 지내고 있는 것은 맞는 것 같아요. 누구 막 싸운 애들은 없잖아요."

아이들이 그렇게 느끼고 있길 바랐는데, 그랬다니 정말 다행이다, 안도감을 느끼며 말했다.

"그래, 경아야. 또래상담 동아리로서도 부탁한다. 친구들하고 다 같이. 알지?"

"네, 선생님. 그런 건 걱정하지 마세요. 히히."

경아와의 대화를 통해 환희랑 하은과도 좀 더 이야기를 나누어봐야겠다는 생각이 들었다. 환희는 광조가 참 관심을 많이 갖고 아끼는 아이지만, 광조에게 크게 마음을 열지는 않고 살짝 벽을 두고 있었다. 환희에게 당장 솔직한 대답을 얻기는 힘들 것이라 보고 먼저 하은과의 대화를 시도했다.

하은은 광조와의 접점이 있었다. 아이들이 4학년이던 재작년, 하은의 반으로 보결 수업을 들어갔던 적이 있었다. 다섯 시간 정도의 보결 수업이었지만 유독 하은이 눈에 들어왔다. 충분히 더 밝을 아이인데, 축 처져 있는 모습. 그래서 광조는 그 반 수업을 들어갈 때마다 하은을 띄워주며 반 아이들의 관심을 주목시켰다.

“와, 하은이가 그린 거 봐봐. 장난 아닌데.”

“야, 하은이가 문제 푼 방법, 기가 막히다. 친구들에게 설명해줄 수 있겠어?”

그 뒤로 하은은 다른 반 교사일 뿐이었던 광조에게 조금씩 마음을 열어주었다. 가끔은 자기가 가진 고민을 말하기도 하고, 사탕이나 과자 같은 걸 선물로 주고 도망가기도 했다. 그런 하은이 이제 광조의 반이 된 거고.

“하은아, 선생님하고 잠깐 이야기 좀 하자.”

“네, 선생님!”

학년 교원연구실에서 의자 바퀴를 돌돌 굴리며 하은이 광조를 바라봤다.

“선생님, 무슨 일 있어요?”

“큰일은 아니고, 하나 뭐 물어보고 싶어서. 너랑 채성이는 어떤 사이야?”

“친했어요. 지금도 사이가 나쁜 건 아닌데, 채성이가 성격이 조금 변했어요.”

"성격이 변했다…. 이유는 혹시 알아?"

"정확히 잘 모르겠어요. 저희가 4학년일 때는 같은 반이었거든요? 저랑 채성이랑 환희, 셋이 이렇게 친했었어요. 그런데 어느 날 갑자기 저희랑 안 놀기 시작해서…. 5학년일 때부터는 같이 놀거나 그런 시간은 별로 없었어요. 아니, 아예 없었나."

하은이 말하며 짓는 표정에는 채성에 대한 적대감이나 그런 감정은 느껴지지 않았다. 특별한 다툼 같은 건 없이 그냥 멀어진 건가.

"흠, 그렇구나. 그러니까 딱히 싸우거나 그런 건 없던 거고?"

"네, 맞아요. 싸운 건 없는데 그냥 자연스럽게 멀어진 기분?"

"잘 말해줘서 고맙다. 근데 선생님 마음 알지?"

"맨날 말하는 그거요? 우리 반 다 같이? 알죠, 알죠. 안 그래도 저희 반 여자아이들끼리 맨날 그 말 해요. 선생님 그거 소원 하나는 들어주자고. 걱정 마요, 쌤."

뭔가 아이들이 교사의 마음을 알아주는 듯한 이 순간. 마음속 찡한 감정이 들었다.

"하핫, 참. 얘도. 고맙다."

"네, 선생님. 들어가 볼게요~."

하은과 경아의 말을 종합하면 친구들 사이에서 딱히 특별한 사건은 없는 것 같았다. 결국은 채성이 마음을 열고 말해줘야 그 이유를 알 수 있으려나. 그렇게 생각을 정리했다.

아이들과의 수업이 끝난 오후 3시, 업무포털 사이트를 들어갔다. 공문이 쌓여있었다. 그 중 〔긴급〕 표시가 붙은 공문이 있었다. 학교폭력 실태조사. 다시 광조는 마음을 다잡아야 했다. 긴장의 끈을 놓쳐서는 안 되는 큰 업무가 찾아왔다.

23. 생각

【학교폭력예방 및 대책에 관한 법률 제11조 ⑧항】

교육감은 학교폭력의 실태를 파악하고 학교폭력에 대한 효율적인 예방대책을 수립하기 위하여 학교폭력 실태조사를 연 2회 이상 실시하고 그 결과를 공표하여야 한다.

학교폭력의 해결책을 우리나라는 어느 순간부터 '신고'로 채택한 듯했다. 아이들이 다른 긴급연락처는 몰라도 '학교폭력 신고는 117'로 정확히 기억할 정도였으니까. 문제는 '신고'를 하는 절차와 방법에 대한 것만 강조하니 신고의 의미가 많이 변질된다는 것이다. 엊그제도 광조는 학교전담경찰관과 통화를 했다.

"에휴, 선생님. 오늘도 학교폭력 신고가 왔어요. 제 목소리로 아시겠지만 뭐 별다른 사안은 아닙니다."

"예, 경위님. 고생이 많으십니다. 어떤 일인가요."

이번 신고는 지나가다가 다른 반 아이가 바보라고 놀렸다는 내용의 2학년 아이의 신고였다.

"이번 신고는 정식 처리를 부탁드리겠습니다. 보호자도 한 번 경찰서로 직접 전화를 해와서요. 다만 상대가 심의위원회까지 원하는 그런 느낌은 아닌 것 같습니다."

"네, 알겠습니다."

"아이가 신고할 때는 웃으면서 장난치듯 전화했는데. 별수가 없네요. 죄송해요, 선생님."

"아닙니다, 늘 감사합니다. 고생 많으셨습니다. 해당 사안 처리하도록 하겠습니다."

117로 신고가 들어오면, 경찰서 관할 지역의 담당 부서에서 사안을 확인한 후 이를 학교에 전달할지 말지 결정한다. 광조네 학교를 담당하는 학교전담경찰관은 꽤 경력도 있고, 학교에 대한 이해도도 높아 불필요한 사안은 굳이 학교에 전달하지 않는 편이었다. 사안 처리 과정에서 나름의 융통성이 있었다. 그 이전에도 딱히 사건 같지도 않은 신고들이 많기도 했고. 그러나 지금처럼 경찰이 교사에게 학교폭력 사안을 인계한 순간, 담당 교사는 이를 반드시 처리해야만 한다. 혹자는 '아니, 그냥 별일 아니면 둘이 화해시키고 그렇게 쉽게 해결하면 되는 거 아니야?'라고 생각할 수 있다. 그러나 이 또한 법적으로는 '학교폭력을 인지한 순간'으로 해석되어 지금까지 봐온 사례처럼 반드시 학교폭력 사안으로 접수하여 정식적으로 처리해야 한다. 그것이 비록 장난 전화일지라도.

그렇게 광조는 학교 밖 문방구 앞에서 뽑기 통에 동전을 넣고 돌리고 있던 2학년 남자아이에게, 한 여자아이가 다가와서 "야, 이 바보야. 메롱!"하고 해맑게 웃으며 장난치고 간 사안에 대하여 학교폭력 사안 처리를 진행해야만 했다.

동시에 학교폭력 실태조사 작업을 들어갔다. 작년도 학교폭력 실태조사 조사 기간 이후로 지금까지의 시기에 학교폭력을 경험했거나 목격한 사례가 있는지 익명으로 조사한다. 광조는 설문지 문항을 보는 순간 수많은 문제 상황이 머릿속에 그려졌다. 누가 신고를 장난으로 하면 어떡할까. 익명으로 조사를 하는데, 신고 접수 이후에는 누가 신고했는지 어떻게 확인하나. 신고자 확인서는 대체 어떻게 수합해야 하는 걸까. 답답함의 연속이었다. 예전에 선배가 말했던 한 사례도 생각났다.

"광조, 실태조사 할 땐 긴장 좀 해. 담임교사들 도움도 반드시 잘 받고. 너 혼자 하려면 답도 없다. 나도 진행할 때, 익명으로 신고한 사안들이 누가 신고했는지 찾느라 고생 엄청나게 했으니까."

담임교사에게 학교폭력 실태조사를 안내하면서 여러 주의점을 안내했다. 실태조사 기간에 포함되는 내용을 적도록 아이들이 인지하도록 교육하고, 이미 처리된 사안은 아이들이 다시 적지 않도록 꼭 안내해줄 것 등. 혹시 몰라 광조가 직접 녹음한 학교폭력 실태조사 안내자료도 메신저를 통해 전달했다.

이런저런 생각이 많았다. 정말 신고가 되어야 할 내용이 신고되길, 필요 없는 장난이 업무를 방해하지 않길….

24. 조사

조사가 끝났다.

가담초등학교의 학생들은 온라인 페이지를 활용하여 학교폭력 실태조사에 참여했다. 광조는 응답 결과를 나이스 시스템을 통해 확인했다. 응답에 대해 이상이 있는, 즉 책임교사가 처리해야 할 사안이 총 10개로 표시되었다. 이 중에서 학교폭력 경험 및 목격이 있다고 응답했으나 이모티콘만 넣거나, 아무 의미 없는 단어를 나열한 7건은 신고 접수 대상이 아닌 것으로 처리하면 되고. 남은 세 건은 이제 광조가 학교폭력 신고 접수를 해야 하는 사안인 것이다.

첫 번째 신고 내용을 확인했다.

[2-1] 담임 이호현, 신고자 학생 선지우, 가해자 학생 정연정.

가해 학생 정연정이 피해 학생 선지우를 따돌리고 같이 안 놀아줌.

선지우가 좋은 의도로 먹을 것을 사줬지만, 그것에 대해 갚지 않음.

선지우를 학급 내에서 외롭게 만들고 집단 따돌림을 주도함.

신고 내용에 적힌 문장의 수준이 어린이가 스스로 쓸 만한 그런 것이 아니었다. 필시 보호자가 대신 쓴 것이리라. 다만 집단 따돌림을 주도한 것이 맞다면, 학교폭력 사안으로서의 무게감이 충분해 보였다. 마음을 단단히 먹어야겠다 생각했다.

다른 사건들도 신고 내용을 바탕으로 쭉 정리했다. 하나는 전학 오기 전의 일에 대한 사안이었다. 이 일은 이번 신고 대상이 아닐 텐데. 그래도 정식 신고 절차를 통해 들어온 내용이니 조사는 해야 할 것 같고. 다음 신고 두 개는 한 반에서 일어난 일이었다.

[5-3] 담임 원준표, 신고자 학생 익명, 피해자 학생 김철영,

가해자 학생 김수한·이유이·김정빈·권태진.

애들 여러 명이 철영이 등을 때리며 괴롭혔어요.

철영이가 싫다고 해도 자꾸 때리고 괴롭혔어요.

[5-3] 담임 원준표, 신고자 학생 박수정, 피해자 학생 5-3 전체,

가해자 학생 서차은.

저는 박수정입니다.

5학년 3반 서차은을 신고합니다.

서차은은 친구들이 하지 말라는 행동을 계속합니다.

떠들지 말라 해도 떠들었습니다.

수업 시간에는 연필을 던지고, 지우개를 던집니다.

어떤 친구들은 울기까지 합니다.

그래도 서차은은 계속 그렇게 행동합니다.

서차은에게 무슨 문제가 있어서 우리들이 참고 기다렸지만, 이젠 못 참겠습니다.

선생님이 하지 말라고 말해도 계속하니까, 학교폭력으로 신고해야 한다고 생각합니다.

벌금 500만 원쯤 정도로 벌 받으면 좋겠습니다.

이 두 사안에 대해서는 광조도 어느 정도 알고 있었다. 5학년 아이들은 광조가 이 아이들이 2학년일 때 가르친 적이 있던 아이들이다. 철영이 같은 경우는 괴롭힘을 당할 아이는 아니라 생각했다. 활달하고 친구들과 잘 어울리는 아이였으니까. 그런데 이렇게 학교폭력 피해자로 신고 내용이 들어와 당황스럽기도 하고, 몹시 걱정이 되기도 했다.

수정이 신고한 차은의 사안은 더 광조의 마음을 복잡하게 했다. 차은은 수업 상황에 집중하기 어려워한다. 자세한 병명은 알 수 없지만, 집중력과 관련하여 치료 중인 것으로 들었었다. 차은의 문제행동은 1학년 때부터 계속되었다. 작년에도 심각했었다고 한다. 학교 교직원 모두가 차은을 위해 고군분투했다. 끊임없이 소통하고, 달래고, 격려했다. 다행히 차은의 부모도 학교의 소통에 협조적이었다.

학교의 조언을 즉각 받아들여 차은의 부모는 차은을 병원에 데려갔다. 약을 복용한 지 얼마 안 된 시점인 오전 수업 시간에는 괜찮다가, 점심시간이 다가올 때쯤 증상이 다시 발현되는 하루하루가 반복되었다. 친구들을 때리거나, 수업 중 소리를 지르거나 뛰쳐나가는 행동도 반복되었다. 선생님을 때리기도 했다. 그래도 차은의 담임교사들은 차은이 더 나아지길 응원하며 꾸준히 노력했다.

비로소 그 결실을 맺는 걸까. 차은이 4학년이던 작년에는 상당히 상태가 호전되었다고 한다. 수업에 앉아있을 수 있었고, 발표도 했다. 교사의 칭찬에 기뻐하고, 친구들의 말을 듣기 시작했다. 당시 차은의 담임교사이던 구성희는 이렇게 차은을 평가했다.

"물론 중간중간 문제는 있지만, 이 정도면 됐다, 이제 교실에서 수업다운 수업을 할 수 있겠구나 싶었어. 차은이도 그 변해가는 과정을 즐기고, 친구들과 친해지는 경험을 해나갔으니까. 이전 선생님들도 참 많이 애쓰셨지."

그러나 그 기쁨은 오래가지 않았다. 4학년 2학기부터 다시 차은은 문제행동을 자주 보여주었다. 친구들을 때리는 모습도 있었다. 심한 욕설도 반복되었다. 어릴 때는 '차은이는 뭔가 좀 달라서 그런 거야' 라고 이해해주던 같은 학년 아이들도 태도가 변하기 시작했다. 차은을 멀리하기 시작했다.

구성희는 원인을 이렇게 짚었다.

"아무래도 4학년에서 5학년 넘어가는 시기, 그러니까 아이들로서는 사춘기를 본격적으로 맞이하는 때니까. 아이들도 그렇고, 차은이도 그렇고. 서로 그렇게 변해가는 시기에 그럴 수밖에 없는 때란 생각도 들더라. 어떻게든 차은이를 진정시키고, 아이들과 잘 어울리게 하려고 부단히 노력하긴 했는데. 의학적으로도 안 되고, 교육적으로 안 되는 그런 지점을 만나니 힘들긴 했어. 차은이도, 다른 아이들도 다들 힘들어했고."

그런 과정을 알기에 마음이 아팠다. 그 뒤로도 차은은 꾸준히 치료를 받았다. 부모는 학교에 미안함을 계속 표현했다. 부모가 학교에 비협조적이면 마음이라도 덜 쓰이겠지만, 보고 있기 민망할 정도로 늘 고개를 숙이며 죄송하다고 말하는 모습에 가담초 교사들은 모두 차은을 가엽게 여겼다.

아픈 아이가 학교폭력 신고 가해자로 지목되는 게 옳은지 아닌지 고민이 컸다. 그러면서 같은 학년 아이들이 겪는 아픔도 또 다 이해가 됐다. 몇 년간 문제행동을 참아주던 아이들이다. 차은을 배려해주면 배려해줬지, 괴롭히던 아이들이 아니다. 그렇다고 이게 학교폭력 신고 제도를 통해 사안을 접수하여 차은을 처벌한다고 문제가 해결될까? 친구들에게 신고를 당해 처벌받는 과정을 경험하는 것이 의학적 치료가 필요한 차은에게 과연 어떤 영향을 줄까.

머리가 아팠다.
아니 마음이 아팠다.

25. 난제

광조는 하나하나 차근차근 처리하기로 했다. 수업 준비는 도통 평일에 할 시간이 없었다. 학교에서는 내내 업무에 치여 살았으니까. 수업 준비는 저녁에 집으로 돌아와서 하기도 하고, 주말에 몰아서 하기도 했다. 평일에는 사안을 조사하고, 아이들과 상담을 하고, 관련 문서를 작성하는 데에 쓰기만 해도 벅찼다. 시간이 부족했다.

2학년 1반 담임교사 이호현에게 전화를 했다.

"선생님, 학교폭력 온라인 실태조사 결과 반에서 유의미 응답이 나왔어요."

"아이고, 누구와 관련된 일일까요?"

"지우랑 연정이 일입니다."

그 말을 듣자마자 이호현이 한숨을 쉬었다.

"아, 그랬군요. 안 그래도 지우랑도 연정이랑도 이런저런 이야기를 많이 했는데…."

잠시 정적이 흐른 후, 이호현이 말을 이었다.

"부장님. 저, 그게…. 지우의 부모님이 지금 연락이 안 됩니다."

"네? 어떤 일로 그렇게 된 건가요?"

"하, 참 이게 복잡한데요."

이호현이 들려주는 이야기는 다음과 같았다.

지우는 어머니와 아버지와 같이 살고 있었다. 그런데 부부가 학기 초부터 연락이 띄엄띄엄 안 되기 시작했다. 학부모가 제출해야 할 서류도 제때 돌아오지 않았다. 그러더니 어느 순간부터 연락이 단절되었다. 조만간 전학을 간다는 통보를 남기고는 휴대폰 번호를 두 사람 모두 삭제했다. 현재 아이는 외숙과 외숙모가 돌보고 있다는 그런 내용이었다.

"그럼 두 아이의 현재 친권자가 외숙과 외숙모는 아니지요?"

"네, 친권 상태는 그대로인 것 같습니다. 다만 이 부분도 확실하지는 않아요. 그저 지우 외숙과 외숙모의 말에 의존할 수밖에 없잖습니까. 부장님께서도 아시다시피 학교에서 아이 친권자를 확인할 방법도 없고요."

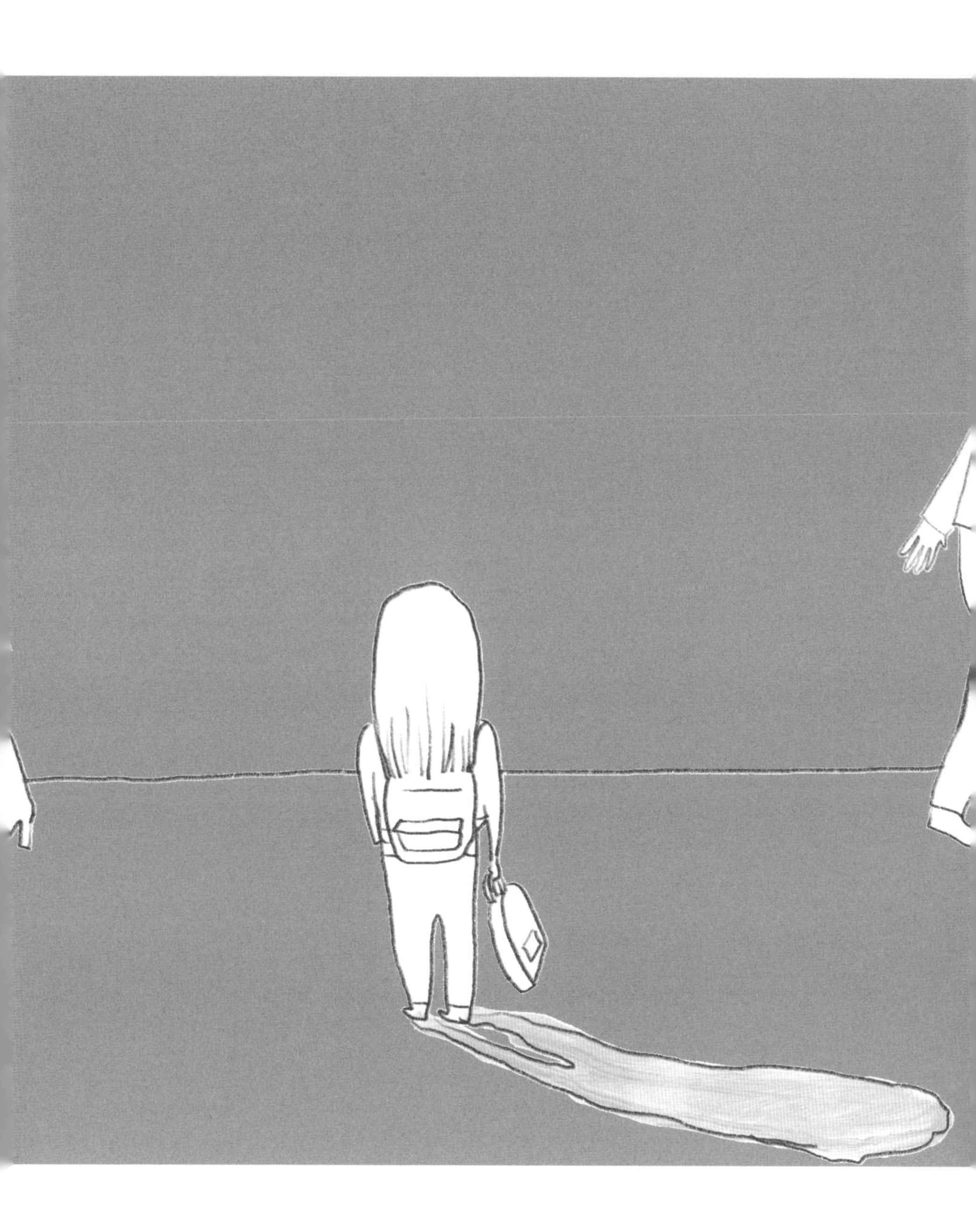

"하…. 이번 건 문제 해결이 쉽지 않겠네요. 일단 지우랑 연정이랑 상담을 내일부터 실시하도록 할게요."

"예, 부장님. 고생이 많으시겠습니다."

학교폭력을 접수하는 절차에서는 친권자의 역할이 절대적으로 중요하다. 미성년자인 학생들을 대신해, 친권자의 의견이 오히려 더 우선시되는 경향도 많다. 이미 광조는 그것을 경험했다. 정작 아이는 친구를 학교폭력으로 신고한 줄도 모르고 있었지만, 부모가 신고하고 싶어서 신고했던 것이 첫 번째 사안이었으니까. 그런데 이번 건은 문제가 더 복잡했다.

친권자가 사라졌다. 친권자의 연락처가 지워졌다. 담임교사도 친권자의 행방을 모른다. 보호자 확인서를 받아야 하는 첫 번째 단계부터 난관이구나.

다음 날, 지우와 만났다.

"지우, 요새 어떻게 지내니?"

"그냥 그래요."

"연정이랑 사이가 좀 안 좋다며?"

"네, 연정이가 저 싫어해요."

"그런 부분도 선생님이 잘 알아보고 도와주려고 해. 지우는 연정이랑 사이좋게 지내고 싶은 마음이 있는 거니, 아니면 이미 당한 부분 때문에 상처가 더 큰 것 같니?"

"저도 잘 모르겠어요. 그래도 원래 자주 싸우다 친해지기도 하는 거니까, 이왕이면 친해지면 좋겠어요."

"좋아, 그 마음 기억한 상태로 선생님이 신고 접수 잘하도록 하마. 하나만 더 물어보자. 혹시 어머님이나 아버님 연락이 가능하니?"

"가끔 저 보러 오긴 하는데, 잘 모르겠어요. 최근에 톡 연락처 목록에서도 사라졌어요."

"그럼 지금 외숙이랑 외숙모랑 같이 지내고 있는 거고?"

"네."

"그럼 지우야, 이게 선생님 연락처야. 혹시 외숙이랑 외숙모께 이번 학교폭력 담당하는 생활 업무 담당 선생님이라고, 여기에 연락 좀 주시라고 말씀드릴 수 있겠니?"

"네, 그럴게요."

그렇게 지우와의 대화를 마무리했다. 연정과의 화해를 원한다니, 그래도 해결의 실마리가 보이는 것 같았다. 연정을 불렀다.

"연정아, 잘 사냐."

"네, 그런데 왜 불렀어요. 선생님은 학교폭력 담당 선생님이잖아요."

"맞아, 그거랑 관련된 거긴 하다. 요새 지우랑 어떻게 지내니?"

"지우랑 엊그제 싸우긴 했는데, 어제 같이 문방구도 가고…. 나쁘진 않게 지내고 있어요."

아, 역시나. 아이들의 문제가 아니다. 부모의 문제로 아이들의 마음이 다치지 않도록, 지우와 연정의 사이가 멀어지지 않게 조금 더 세심하게 대화를 나눌 필요가 있었다. 광조는 자기가 할 수 있는 선에게서 가장 부드러운 어조로 말을 이어갔다.

“음, 선생님이 보니까 지우가 너를 싫어하거나 그런 건 절대 아니고. 부모님께서 보시기에 너희의 사이가 멀어진 것 같아 걱정되는 마음에 신고가 된 내용이 있어.”

“그래요? 저랑 지우가 자주 다투긴 해도, 친구라서 가끔 싸우는 딱 그 정도인데.”

“그래, 선생님도 우리 연정이를 혼내거나 그러려는 게 아니라 너의 생각을 들어보려고 부른 거야. 앞으로도 다툼 없이 잘 지내길 응원할게. 다퉜던 몇 가지 내용만 여기 종이에 적고, 너의 생각을 솔직하게 적어주면 될 것 같아.”

“네, 선생님.”

연정은 열심히 학생 확인서를 작성했다.

지우와 같이 놀던 일, 무엇을 사주고 난 뒤 자기에겐 갚지 않는 느낌에 서운해서 같이 말로 다퉜던 일, 그 뒤로 바로 화해하고 같이 또 놀러 간 일, 그렇게 둘 사이에 있던 일을 하나하나 서툰 글씨로 적었다.

“이 정도면 될까요? 그런데요, 선생님. 저 학교폭력으로 벌 받는 거 아니죠?”

연정은 떨리는 목소리로 말했다. 겁을 먹은 것 같았다.

“지우는 신고를 하고 싶어 한 것이 아니니까, 큰일 없을 거야. 너무 걱정은 하지 말고.”

광조는 연정을 달랬다. 하지만 가장 큰 문제가 있었다. 즉시 분리 제도. 학교폭력 신고로 인지한 상태에서 연정은 법적으로 3일간 즉시 분리가 되어야만 한다. 지금의 상황에서 즉시 분리가 되지 않기 위해서는 지우 보호자가 분리 반대 의사를 밝힌 서류가 필요하다. 하지만 지금은 지우 보호자를 만날 수도 없다.

우선은 2학년 1반 담임교사 이호현을 통해 지우 편에 관련 서류를 모두 챙겨 보냈다. 보호자 확인서, 학교장 자체해결 동의서, 관계회복 프로그램 참여 동의서, 즉시 분리 동의서 등. 아침 시간과 중간놀이 시간에는 이렇게 학교폭력 사안번호 005호를 처리하느라 바빴다. 그러고 나서 쉬는 시간을 이용해 사안번호 004호, 그러니까 앞서 117 신고를 통해 접수되었던 사안에 대해 조사를 했다.

다행히 이 사안은 정말 별일이 아니었다. 피해 학생 보호자도 학교 측의 뭔가 정식적인 대응을 해주길 바랄 뿐이라고 했다. 상대 학생의 즉시 분리 등은 원하지 않는다고 말했다. 관련 서류를 보낼 테니 내일까지 작성하여 아이 편에 보내주길 부탁했다.

이후 점심시간에는 노트북을 챙겨 급식실로 갔다. 밥을 먹을 시간이 없었다. 당장 오늘 안에 신고로 접수된 내용들을 하루빨리 처리해야 한다는 생각뿐이었다.

사실 학교폭력 실태조사로 접수된 내용은 다른 신고와는 해결 절차가 다소 차이가 있다. 일반적인 학교폭력 신고는 48시간 이내에 접수한 다음, 14일의 기간 동안 전담기구 회의를 끝내고 교육청에 보고해야 하는 마감 기한에 대한 압박이 매우 크다. 하지만 학교폭력 실태조사에서 접수된 내용은 접수 시점이 명확하지 않기에, 약간의 여유를 두고 진행해도 괜찮다.

일 년 차 생활부장인 광조는 그걸 몰랐을 뿐이다. 학교폭력 실태조사로 접수된 10개의 사안에 대해 유의미/무의미 응답을 처리한 다음, 유의미 응답에 대한 3건을 동시에 48시간 내 접수 및 보고 처리하려니 힘들 수밖에. 더구나 광조에게 더욱 압박감을 주는 것은 지우의 부모가 연락이 닿지 않는다는 부분이었다. 그래서 앞서 언급한 117 신고 건은 004호, 그리고 5학년 3반의 실태조사 접수 건인 006호와 007호를 빨리 처리해야 한다는 부담이 크게 느껴졌다.

아이들을 급식실 자리에 앉히고 관련 서류를 작성했다. 006호에서는 신고자인 수정과 피해자로 언급된 5학년 3반 전원에 대한 학생 확인서를 준비했다. 피해자로 지목된 것만으로 학생 확인서와 각자의 보호자 확인서가 모두 제출되어야 하는지 의문이 들었다. 교육청에 문의하니 그래야 한다는 답변이 왔다. 광조는 망연자실했다. 그렇다면 5학년 3반 보호자 중 한 명이라도 차은에 대한 즉시 분리에 동의할 경우, 차은은 곧바로 교실에서 분리되어야 한다.

5학년에 교과전담으로 들어가는 교사들에게 건네 전달받은 바로는 최근 차은의 심리적인 불안감이 더욱 커졌다고 들었다. 그런 상황에 즉시 분리라니. 아픈 아이에게 맞는 처사인지 광조는 알 수가 없었다. 동시에 007호에 대한 서류도 준비했다.

신고자가 누구인지는 알 수 없는 사안. 피해자 철영과 가해자로 지목된 수한, 유이, 정빈, 태진이 각각 보호자 확인서와 학생 확인서를 작성해주어야 한다. 문제는 신고자가 누구인지 알 수 없는 상태에서, 본인의 자녀가 가해자로 지목되었다는 것만으로도 불쾌감을 느낄 학부모가 있을 수 있다는 것이었다. 지금까지의 사안에서도 가해 학생으로 지목된 많은 보호자가 격앙된 반응을 보였다. 그 반응을 통해 도리어 아이들의 사이가 소원해지거나, 학교에 대한 신뢰를 잃는 그런 경우가 연쇄적으로 일어나는 것에 대한 걱정이 커질 수밖에 없는 지점이었다. 동시에 피해 학생으로 지목된 학부모는 이런 경우에 "우리 아이가 괴롭힘을 당하는 거 아닌가?"라는 괜한 걱정이 발생해버리는 경우가 있기도 하고.

아이들 사이엔 아무 문제가 없어도 아이의 투정 하나에 예민하게 반응하여 학교폭력으로 신고해버리는 학부모를 이미 만났던 광조이기에, 이런 걱정이 뒤따라오는 것은 어쩌면 당연한 일이었다. 피해 학생의 보호자를 어떻게 어르고, 가해 학생의 보호자는 또 어떻게 달래야 할까. 걱정이 커졌다. 가장 중요한 것은 아이들의 의견이라 생각했다. 철영의 진술이 가장 중요하다 싶었다. 바로 원준표에게 내부 메신저로 연락을 했다.

오늘 철영, 수한, 유이, 정빈, 태진이는 사안번호 007호 건으로 개별 면담을 실시하겠습니다. 그리고 차은이와 관련된 006호 건으로 차은이와는 개별 면담, 그리고 차은이랑 담임 선생님이 잠깐 시간 따로 내주시는 분위기 속에서 제가 아이들과 집단 면담을 실시하겠습니다.

원준표로부터 알았다며, 이렇게 애쓰시게 되어 죄송하다는 답장이 왔다.

"선생님, 밥 안 먹어도 돼요? 배고플 텐데…."

앞에 앉아있던 경아가 걱정된단 듯이 물어보았다. 광조는 애써 씨익 웃어 보였다. 걱정해주는 마음이 고마웠다. 그렇지만 마음은 여전히 답답했다. 확실히 어려운 고비가 맞다 싶었다.

26. 돌파1

아이들은 시끌벅적 맛있게 점심을 먹었다. 하지만 광조는 머릿속 여러 생각만으로도 이미 어지러웠다. 이것저것 신경 쓸 겨를이 없었다. 이런저런 사소한 장난도 흐린 눈을 하고 넘어갔다. 아이들에게 훈계할 여력도 없었다. 그래도 광조는 정신을 바짝 차리기로 했다. 여러 사안을 동시에 잘 처리해야만 하니까.

점심 지도가 끝나자마자 바로 면담을 시작했다. 제일 먼저 006호 건과 관련하여 차은과 이야기를 시작했다. 차은은 광조를 만나기 전에 이미 많이 주눅이 들어 있었다. 차은도 본인 스스로 어떤 행동을 했는지 안다. 수업 시간에 소리를 질렀고, 친구들을 때렸다. 그리고 친구들이 자기를 싫어하기 시작한다는 걸 느끼기 시작했다. 그래서 더 외로웠다. 그런 마음은 광조의 눈에도 단번에 느껴졌다.

광조가 말했다.

"많이 속상하니?"

사실 광조에게 혼날 줄로만 알고 있었던 차은이기에, 그 말에 긴장이 한순간에 풀렸나 보다. 차은의 눈망울이 촉촉해지기 시작했다. 훌쩍거리는 소리와 함께 차은이 말했다.

"선생님, 저도 제가 어떻게 해야 좋을지 모르겠어요. 엉엉."

그러고는 큰 소리로 한동안 울었다. 빨리 사안을 처리해야만 하는 광조였지만, 차은의 울음이 그치길 차분히 기다렸다.

"끄윽, 끅."

울음이 조금씩 그칠 때쯤 광조가 말했다.

"선생님도 의사 선생님은 아니니까, 뭐라 딱 단정 지어 말은 못 하겠다. 의사 선생님들도 정답을 확실하게 내려주시긴 어려운 일이니까. 하지만 선생님은 이 정도로 말해줄 수 있을 것 같아. 너를 멀리서 항상 지켜본 사람 중 한 명으로서 나는 널 응원해. 네가 순간순간 부족하게 행동할지라도 나는 널 이해해."

잠시 한숨을 내쉰 뒤, 다시 말을 이었다.

"다만 친구들은 선생님과는 다르잖아. 친구들은 아직 학생이야. 그렇기에 선생님이 널 바라보는 방식과는 조금 다를 수 있어. 아무래도 같은 공간에 있으면서 네가 한 행동들로 아픔과 속상함도 많이 받았겠지. 그러니까 이렇게 뭔가를 말한 것이리라 생각해. 혹시 그런 친구들의 마음도 조금은 헤아릴 수 있겠니?"

차은의 어깨를 토닥였다. 훌쩍거리며 차은이 대답했다.

"저도 알긴 아는데, 제 맘처럼 안 돼요. 저도 친구들하고 사이좋게 지내고 싶어요."

울음기가 아직도 가득 섞인 목소리였다. 그 모습에 또 마음이 아팠다.

"그래 차은아, 앞으로 조금씩 더 노력해보자. 노력만으로 어려운 부분도 있겠지만, 약을 먹는 것도 꾸준히 잘해보고. 그리고 친구들한테는 미안한 마음을 갖고 이번 일을 반성하면서 잘 나아가보자."

차은은 고개를 끄덕였다. 학생 확인서를 작성했다. 그 내용에는 미안한 마음을 담았다. 다른 이가 뭘 잘못했다는 둥, 내 잘못이 없다는 것과 같은 뉘앙스의 변명은 없었다.

차은의 보호자에게도 바로 연락을 했다. 학교폭력 가해자로 신고가 들어왔다는 내용을 최대한 부드럽게 전했다. 광조의 안내가 끝나자 차은의 모는 바로 사과했다.

"정말 죄송합니다. 선생님께서 너무 고생이 많으실 것 같습니다. 상대 부모님께도 죄송한 마음을 꼭 전하겠습니다."

피해 학생 측 보호자가 연락처를 건네주길 동의하는지 물어보겠다며, 차은의 모를 달래며 통화를 마무리했다.

그다음에 신고자 수정을 불렀다. 수정은 새초롬한 표정에 하얀 머리띠를 하고 있었다. 앙다문 입술에는 하고 싶은 말이 잔뜩 있어 보였다. 그 마음을 먼저 풀어줘야겠다는 생각이 들었다.

"수정이는 그동안 반에서 어떻게 지냈니?"

"저요? 서차은 때문에 너무 힘들었어요. 맨날 떠들고 친구들 때리고. 걘 나쁜 아이예요."

씩 웃으며 고개를 끄덕이며 광조가 말했다.

"그래, 힘들었구나. 그래도 지금 두 달 정도는 잘 참아왔네."

"두 달도 넘죠. 걔랑 같은 반이었던 적이 또 있었던 걸요."

"그랬구나. 많이 힘들어서 벌금…. 얼마라 했더라, 500만 원? 맞아, 그 정도로는 꽤나 큰 금액이었던 것 같아. 그 정도 내야 한다고 썼지?"

광조는 우선 수정이 이 사안을 어떻게 인식하고 있는지 궁금했다. 장난스럽게 신고를 한 건지, 진심으로 이렇게 쓴 건지 마음을 헤아리고 싶었다. 그래서 더 너스레를 떨며 물어보았다.

"네, 벌금 500만 원…."

고개를 숙이고 발가락을 꼼지락거리며 말했다. 뭔가 부끄러운 듯했다. 이 기세를 몰아 광조가 말했다.

"음, 벌금 500만 원은 진심으로 쓴 거야, 아니면 장난으로 쓴 거야?"

수정은 고개를 들지 않고 '음-' 소리를 내며 머뭇거렸다. 그러고는 "사실 장난이에요"라며 대답하곤 한숨을 '후-' 내쉬었다.

"그래, 수정이가 장난으로 이 부분은 쓴 것 같더라. 하지만 뭐 차은이의 행동으로 힘들었던 부분들도 선생님이 잘 이해하고 있고."

수정은 입을 씰룩거리며 광조를 쳐다봤다.

"다만 수정아, 이거 하난 대답해주면 좋겠다. 차은이가 학교폭력 신고를 통해 큰 변화가 있을 수 있다고 생각하고 있니?"

그 질문에 대답하기 위해선 시간이 더 필요했다. 한동안 수정은 말이 없었다. 그러다가 고개를 들고는 말을 하기 시작했다.

"광조 쌤은 우리 학교 아이들 대부분 다 아니까, 제 말도 잘 들어주실 거라 믿고 그냥 솔직히 말할게요."

광조는 알겠다는 의미로 지그시 눈을 감고 고개를 끄덕였다.

"알아요, 저도. 학교폭력 신고해도 서차은 행동이 안 달라질 거라는 거. 근데 그래도 그…."

수정이 말끝을 흐렸다. 광조가 이해한다는 듯 손을 저으며 말했다.

"잘못한 부분에 대해서 차은이가 스스로 알길 바라는 마음?"

수정의 눈이 동그래졌다.

"네, 그거예요. 차은이가 5년 내내 이러고 있는 거잖아요. 참기가 힘들었어요."

"그래, 그 부분이지. 나도 뭐 그 마음은 조금은 알 것 같다."

그 말을 듣자 안심이 된 모양인지, 수정은 더는 발가락을 꼬물거리지 않고 바른 자세로 앉았다.

광조가 이어서 말했다.

"뭔가 해결책은 필요한데, 학교폭력 신고가 맞는지는 잘 모르겠다는 느낌이랄까."

"그건 그래요. 사실 저도 그렇게 생각해요. 하지만 담임 선생님이 뭐라고 말씀하셔도 안 듣고 책상 내던지고, 친구들 때리고 이러고 있단 말이에요."

잠시 말을 멈추고 서로 눈을 마주 보고 있었다. 침묵을 멈추고 광조가 검지를 치켜들며 말했다.

"선생님이 이거 하나 제안해도 되겠니."

"뭔데요, 선생님?"

"또래상담 동아리."

27. 돌파2

광조는 그렇게 수정을 설득했다. 점심시간 내내 고민했던 계획을 들려줬다.

"앞으로 선생님이 중간중간 너네 반을 케어할게. 특히 차은이의 문제행동이 반복되지 않도록 조금 더 우리 반이 함께 노력할 수 있는 시간을 갖는 거야. 수정이도 차은이가 벌 받기를 원하는 그런 마음보다는 문제행동이 없어지길 바라는 마음인 것, 맞지? 선생님이 수정이 마음 맞게 읽었니?"

수정은 맞다는 의미로 고개를 끄덕끄덕했다.

"그래, 그렇다면 단순히 학교폭력 신고를 해서 정말 차은이가 바뀔까? 난 이걸 잘 모르겠어. 수정이도 그렇게 생각한다는 의미지?"

"네, 저도 학교폭력 신고를 한다고 일이 뭐가 잘 될 것 같지는 않아요."

"그래, 그렇다면 우리가 진짜 해결할 수 있는 방법으로 또래상담 동아리를 활용하자는 거야. 차은이나 수정이 반의 일부가 가입해서, 선생님하고 중간중간 같이 이야기하고 떠들고 노는 시간을 가져보자고. 어때?"

얼굴에 웃음기가 생기면서 갸우뚱거리는 수정이었다.

"음…. 일단 해보면 재밌을 것 같기는 해요."

"그래, 어차피 학교폭력 신고로 뭐가 안 될 것 같다고 생각했으니까. 새로운 걸 같이 도전해보자고. 그걸 내가 돕겠다는 거고."

수정은 "그렇게 해봐요, 선생님!"이라며 기쁜 목소리로 대답해주었다.

이후 학생 확인서를 작성했다. 차은의 처벌을 바라지 않음을 명확히 수정은 기술해주었다.

수정의 부와 통화를 했다. 다행히 수정의 부모는 학교 측에 매우 호의적이었다.

"아휴, 수정이가 그런 걸로 신고를 했나요. 죄송합니다, 선생님. 차은이가 어떤 상황인지도 다 아는데…. 그런 건 학교폭력으로 신고할 사안이 아니라고 생각합니다. 저희가 어떻게 하면 될까요?"

모든 과정은 신고자와 피해자의 의견대로 결정되기에 신고자이자 피해자인 수정과 수정의 부모님의 의사가 매우 중요함을 밝히며, 학교장 자체해결 과정을 안내했다.

수정의 부는 바로 학교장 자체해결에 동의하며, 관련 서류를 바로 제출할 것을 약속했다. 하나의 고비를 무사히 잘 넘는 순간이었다. 이제 이 사안을 학급 공동체 차원에서 다시 이야기하고, 같은 반 아이들의 확인서를 모두 수합하고 난 후, 대화의 장을 마련하기 위해 또래상담 동아리로 연계하여 해결하는 계획을 세웠다. 쉴 틈이 없었다. 바로 다시 007호 사안 해결을 위해 관련된 아이들을 불렀다. 피해자로 지목된 철영과 먼저 대화를 나누었다.

철영은 자신이 괴롭힘을 당한 적이 없다며 강하게 항변했다. 인디안밥 놀이를 하고 있었을 뿐이라며 상황을 자세히 설명했다. 철영의 보호자는 연락을 받은 후, 학교 측의 해결 과정이 원만한 건지, 지금 별일이 아니라고 설명하는 내용이 혹시 학교 측이 은폐하려고 거짓말을 섞은 것은 아닌지 되려 걱정된다며 의문을 제기했다.

광조는 웃으면서 "어머님, 걱정 마세요. 정말 학교폭력 신고를 은폐하려거나 사안이 별거 아닌 것으로 몰아가려는 것이 절대 아닙니다. 이따가 철영이가 집에 가면 같이 이야기 나누어 보시고 다음 과정 중에서 어떤 방법으로 해결할지 의사 밝혀주시면서 서류 제출해주시면 감사하겠습니다"라며 다독였다.

가해자로 지목된 수한, 유이, 정빈, 태진은 그저 같이 놀던 순간을 누가 신고한 것 같다며 억울함을 호소했다. 철영과 의견이 같았다. 인디안밥 놀이를 하고 있었을 뿐이라고 말했다. 그러면서 누가 신고한 것인지 꼭 찾아야겠다며 격한 반응을 보였다. 철영이가 이른 거냐며 화를 내기도 했다. 괜한 오인신고로 아이들의 사이가 갈라지거나 마음이 다칠까 걱정스러웠다. 광조는 다시 아이들을 다독였다.

"얘들아, 너네가 나쁘다고 생각 안 해. 각자가 한 말, 다 믿어. 다만 그 상황을 본 누군가로부터 신고가 들어와서 과정에 맞게 처리할 뿐이야. 이미 철영이가 너네가 괴롭힌 적 없고 같이 잘 노는 사이라고 말했으니 절대 절대, 아무 걱정도 하지 말아라. 알았지?"

몇 번을 강조했다.

아이들을 돌려보낸 후 각 가정에 전화를 했다.

수한, 유이, 정빈의 보호자는 "별 것 아닌 일로 선생님께서 너무 고생이 많으시다"라는 반응을 보였고, 태진의 보호자는 "왜 우리 아이가 가해자로 지목된 것이냐, 우리 아이가 잘못을 저지른 것이면 크게 혼을 낼 거고 잘못한 것이 없으면 학교 측에 항의하겠다"라는 말을 했다.

다시 광조는 부드러운 어조로 보호자를 안심시켰다.

"어머님, 안심하시고 걱정하지 마세요. 학교폭력 신고로 접수가 되어서 진행 중이란 말이 학교폭력 신고로 우리 태진이를 처벌하겠다는 뜻이 아닙니다. 신고자가 누구인지도 모르게 누가 오해로 신고한 것입니다. 아까 말씀드렸듯 피해 학생으로 지목된 친구가 절대 태진이 잘못한 게 아니라고 몇 번을 강조했고 서류로도 기술해주었어요. 아무 문제가 없으니 절대 절대 걱정하지 마세요."

이렇게 10여 분을 설명했다. 미리 말하자면 태진의 보호자는 이후 학교와 교육청에 "왜 우리 아이가 허위로 학교폭력으로 신고를 당한 것이냐!"라며 강하게 항의했고, 광조는 모든 것을 내려놓고 담담하게 사건 내용과 상황을 학교와 교육청에 설명했다. 그 뒤로 다른 문제는 없었다. 007호는 이렇게 사소한 오해로 일어난 몇 가지 돌발 상황을 제외하고는 무난하게 해결되었다.

아이들과의 상담을 마친 후 바로 광조는 5학년 3반에 들어가 진지하게 이야기를 나누었다. 선생님이 항상 5학년 3반을 지켜보고 아끼고 있었다는 것과 학생 이름 하나하나를 기억하고 있다는 것을 언급했다. 실제로 그것을 증명하며 아이들 이름을 하나하나 불렀다.

"수아. 진미, 선형, 정훈."

한 명 한 명 눈을 바라보며 이름을 불렀다.

" … 문성, 동찬, 승희. 오케이. 여기까지 우리 3반 이름 다 외웠다. 맞지?"

사실 혹시라도 틀릴까 봐 급식 시간에 5학년 3반 아이들의 명단과 사진을 보며 중간중간 외웠는데, 그 노력 덕에 모든 아이의 이름을 맞게 말했다. 아이들은 '우리 담임 선생님도 아닌데 우리 이름을 정말 다 알고 있다고?'라고 생각하며 놀란 눈치였다. 그 기세를 몰아 광조는 설명을 이어갔다.

"본론으로 들어갈게. 이번에 학교폭력 신고가 있었지만, 우리 3반이 이해해준다면, 그리고 함께 해결하기 위해 노력해준다면 어떨까 물어보고 싶다. 물론 선생님이 학교폭력 사건을 은폐하거나 숨기려는 그런 게 아니다. 신고를 원한다면 신고를 해도 된다. 하지만 3반 모두가 이해해준다면 차은이가 교실에서 쫓겨나거나 그런 일 없이 같이 생활할 수 있게 된다. 너희가 원한다면 내가 또래상담 동아리 프로그램으로 우리 3반과 즐거운 한 학기 보내고자 한다."

이후 또래상담 동아리 계획에 대해 구체적으로 설명을 이어갔다. 원하는 학생은 누구나 가입할 수 있다는 것, 그리고 위광조 본인이 진행할 거라는 것. 상담하는 방법을 배우면서 같이 성장하는 방법을 배울 거라는 것. 노는 시간, 간식 먹는 시간을 통해 함께 우정을 다질 거라는 것 등.

5학년 3반 아이들은 광조의 설명에 이해한다는 표정을 보내주었다. "저도 하고 싶어요"라고 말하는 아이들이 산발적으로 계속 있었다.

"좋아, 좋아. 신청 기간을 다시 또 안내할 거야. 아직은 소수만 가입되어 있거든. 우리 3반, 항상 사랑하고 있다. 진심이야. 이번 고비도 함께 잘 해결해주면 좋겠다."

그렇게 3반 아이들은 학교장 자체해결에 모두 동의를 해주었다. 보호자들도 마찬가지였다. 차은은 그렇게 모두의 이해 속에서 교실에서 쫓겨나지 않고, 함께 공부할 수 있게 되었다.

28. 돌파3

광조에게 이제 남은 과제는 친권자가 실종된 005호 사안을 해결하는 것뿐이었다. 우선 신고 접수 시점을 최대한 늦췄다. 매뉴얼에 어긋나지 않는 선에서 최대한 늦출 수 있던, 다음날인 금요일 오후 시간에 사안 보고서를 등록했다. 교육청 팩스를 통해 사안 보고서를 전송했다.

즉시 분리를 동의하는지 안 하는지에 대한 부분은 공란으로 처리하고 추후 보고하기로 했다. 광조는 '제발, 연락이 닿기를….' 간절히 기도하는 수밖에 없었다. 외숙과 외숙모는 연락을 아마 곧 줄 것이다. 하지만 지우를 현재 보호하는 실질적인 두 보호자는 친권자가 아니기에 법적 효력이 없었다. 지우를 떠난 친권자가 하루빨리 연락을 취해주어야 했다.

따르르릉. 전화벨이 울렸다. 모르는 번호였다. 아마 005호 사안과 관련된 번호가 아닐까? 느낌적인 느낌, 확신이 들었다.

"네, 전화 받았습니다. 가담초등학교 생활담당 교사 위광조입니다."

"아, 안녕하세요. 연락처 건네받고 전화 드려요. 지우 외숙모입니다."

"안녕하세요. 연락 주셔서 감사해요. 기다리고 있었습니다."

지우의 외숙과 외숙모는 아이들이 원만하게 잘 지내길 원한다며, 신고도 원하지 않을뿐더러 즉시 분리도 당연히 반대한다고 의사를 밝혀주었다. 고마운 마음을 표현하면서 친권자의 의사가 중요한 법적 현실을 설명했다. 지우의 외숙모가 난처한 목소리로 말했다.

"저, 선생님. 지우 엄마 아빠가 어디로 갔는지 저희도 아직 몰라서요. 그나마 마지막에 있던 것으로 추정되는 호텔에 제 연락처랑 반드시 연락해야 한다는 메모는 남겨놓았어요. 연락이 닿는 대로 바로 선생님께 말씀드릴게요."

"네, 감사합니다. 잘 부탁드리겠습니다."

여전히 기다릴 수밖에 없었다. 이대로 가면 지우와 연정은 '피해 학생의 보호자로부터 즉시 분리 반대 의사가 없었던 것'으로 해석되는 상황이기 때문에, 즉시 분리 절차를 밟아야만 하는 시점이 찾아온다. 바로 당장 다음 주 월요일부터. 그렇다면 지우와 연정의 사이는 어떻게 될까. 즉시 분리의 의미는 너무 컸다. 교실에서 쫓겨나는 느낌은, 아무리 어떻게 학교와 교사가 설명해도 지울 수가 없다. 연정이가 받을 상처, 연정이의 부모가 느낄 분노가 벌써 체감이 되기 시작했다.

'띵-' 머리가 아팠다. 생전 처음 느껴보는 아찔한 통증이었다.

"하, 이러다 죽는 거 아니려나. 힘들다, 힘들어."

정신을 부여잡으며 학교폭력 관련 대장과 서류를 다시 정리하기 시작했다. 그리고 시간이 지난, 다음 날인 토요일 아침이었다. 햇살이 비추는 맑은 날이었다. 침대에 뭉그적거리며 마저 피로를 떨쳐내려는 광조였다. 좀 더 자야겠다는 생각이 가득한 그런 나른한 시간.

따르르릉. 또다시 모르는 번호로부터 연락이 왔다. '외숙모가 바로 내 연락처를 그쪽에 넘겼으려나.' 바로 전화를 받았다.

"안녕하세요, 누구실까요."

"지우 엄마인데요."

왔다. 드디어 왔다. 너무나 간절히 기다리던 연락.

"네, 어머님. 반갑습니다."

광조는 현재 학교폭력 신고를 하여 일어나는 여러 과정에 대해 설명했다. 지우는 연정의 신고를 원치 않음을, 두 아이는 사이좋게 지내고 있음을, 그리고 친권자가 의사를 밝혀주어야만 학교폭력 신고절차가 진행될 수 있음을 안내했다.

"선생님. 제가 너무 힘들어요. 남편도 그렇고, 저도 너무 힘들어요."

무슨 맥락에서 나온 말인지 단번에 파악하기 어려웠다.

"너무 힘들어서 잠시 나왔어요. 제가 생각할 시간을 조금만 더 줄 수 있을까요?"

우선은 보호자의 마음을 달래면서, 아이들의 상황을 설명해야 했다. 더는 신고자의 의사 확인이 늦어지면 안 된다.

"네, 어머님. 힘드신 상황이라니 일단 위로의 말씀부터 드리겠습니다. 다만, 우리 지우의 행복한 학교생활을 위해서 빨리 결정해주셔야 할 부분들이 많이 있습니다. 이대로 가면 부모님께서 신고하신 학교폭력 신고와 그 과정 때문에 지우와 연정이의 사이가 더 틀어질 위험이 있어요."

"제가 볼 땐, 학교폭력이 맞는데. 하, 이상하네. 지우가 정말 아니라고 하던가요?"

나른한 목소리였다. 힘이 하나도 없었다. 대화의 흐름을 어떻게 잡아야 할지 어려웠다. 상대의 성격을 읽을 수도 없었다.

"지우가 학교폭력 신고를 원하는 건 아니라고 하고, 연정이도 지우와 같이 최근에도 놀고 잘 지냈다고 말해주었습니다. 학교폭력 신고 절차가 최근에 많이 세분화되어 이대로 가면 다음 주 월요일에 연정이가 즉시 분리조치를 받게 되어요, 어머님."

"네, 알겠는데요. 저 생각할 시간이 필요해요. 너무 힘들어서요. 죄송해요, 선생님."

뚜뚜뚜. 전화가 끊겼다. 정상적인 상황이 아니었고, 정상적인 통화도 아니었다. 광조는 인내심을 갖고 기다리기로 마음먹었다. 그래, 적어도 그동안 담임교사도 파악할 수 없었던 보호자의 연락처를 알아는 낸 셈이니까. 섣불리 행동했다가는 혹시나 또 이 연락처가 바뀌어 아이들이 상처받지 않고 문제를 해결할 기회가 사라지게 될까, 너무 두렵기까지 했다. 그리고 다섯 시간 뒤, 다시 전화가 왔다.

"선생님, 전 너무 화가 나요. 왜 제가 이런 걸 귀찮게 결정해야 하는 거죠? 그냥 선생님이 다 알아서 하시라고요! 절 바보로 아세요? 선생님도 절 무시하시는 건가요?"

역시나 당황스럽고, 맥락 없고, 일방적인 얘기였지만 광조는 차분히 담담하게 말했다.

"어머님, 저는 어머님께 나쁜 생각이 전혀 없습니다. 우리 지우도 너무 예쁘고, 항상 지우 열심히 응원하려고 합니다. 이렇게 예쁜 딸 낳으신 어머님을 제가 무슨 이유로 무시하거나 그러겠습니까. 전혀 아닙니다."

"호…. 그래요? 그러면 다행이네요. 일단 그러면 좀 더 고민해보도록 하죠."

숨이 턱 막히는 대화의 연속이었다.

"네, 어머님. 잘 고민하시고 다시 연락 주세요."

그렇게 연락을 기다리는 사이에 광조는 어영부영 주말 시간을 다 날리게 되었다. 언제 지우 보호자의 연락이 올지 노심초사하는 마음이기에, 밖으로 나갈 여유도 없었다. 친구들과의 약속을 취소했다. 즉시 분리에 대한 반대, 그리고 학교폭력 신고의 종착지 방향에 대한 의사를 알아내야만 했다. 반드시 내일까지. 이틀 뒤엔 월요일이 찾아오니까. 밤새 전화를 기다리다가 새우잠을 잤다. 아침에 부스스, 지친 상태로 소파에 앉아있었다.

문자왔숑! 알람이 울렸다. 문자를 확인했다. 지우 보호자였다.

선생님, 학교폭력 신고 안 할게요. 외숙모께 안내해주신 서류들 저희가 받았어요. 안내해주신 것 중에 자체해결이랑 오인신고 둘 다 서명해서 보낼게요. 그냥 신고 안 한 걸로 하게 오인신고로 처리해주시면 될 것 같아요. 즉시 분리도 반대하는 걸로 하면 되죠? 지우 통해 보냅니다.

그렇게 광조의 애를 태우던 사안번호 005호는 '오인신고'로 가닥이 잡혔다.

29. 통계

학교폭력 전담기구를 소집했다. 004호 117 신고 건은 학교장 자체해결로 마무리되었다. 005호 지우-연정 갈등 건은 오인신고 처리되었다. 006호 차은 학급 전체 폭력 건은 학교장 자체해결로 결정되었다. 007호 철영-수한, 유이, 정빈, 태진 신고 건은 오인신고 처리되었다.

광조는 위 사안을 처리하면서 각 학생의 보호자와 36건의 통화를 해야 했으며, 총 통화 시간의 합은 851분이었다. 20번의 문자 발송을 통해 사안 경위 안내를 보호자에게 전달했고, 학생들과는 18번의 면담을 했다.

각 사안마다 학생 확인서, 보호자 확인서, 목격자 확인서, 학교장 자체 해결 동의서 또는 오인신고 처리 동의서를 학생과 보호자를 통해 받아야 했다. 각 사안마다 개인정보 정리본, 학교폭력 신고 접수보고서, 학교폭력 사안 조사서, 학교폭력 신고 대장 등 여러 서류를 작성 및 기안처리 해야 했다. 그리고 그 기록은 그렇게 학교폭력 전담기구 회의록 한 장으로 마무리되었다.

다행히 어떤 아이도 크게 상처받지 않았던 실태조사 기간이었다. 광조로서는 부단히 애를 썼다. 그 노력의 결실이라고 생각하고 싶었다. 본인이 교사인지, 어디 경찰서에 소속된 직원인지 분간이 안 가는 상태였지만, 그렇게나마 자신을 위로하고 싶었다.

5화

사안번호: 아동학대 21-가

30. 일상

광조는 광조민반이 운영되는 모습 하나하나를 살펴보았다.

양당제로 여전히 운영이 잘 되고 있었고, 야당 여당은 매번 대선마다 그 결과가 엎치락뒤치락하며 바뀌곤 했다. 아이들이 다행히 여전히 그것을 하나의 놀이로 인식하고 있었다. 다툼은 없었다. 윤호가 눈물을 흘리며 대선에서의 압도적 지지를 호소하는 연설이 있긴 했다. 자신과 평호당에 지지를 보내주어야만, 학급에서 다양한 이벤트를 시도해볼 수 있다는 내용이었다. 다들 윤호의 절규와 같은 연설을 들으며 '광조민반 놀이가 이 정도로 가치 있던 일인가.' 새삼 느끼며 놀랐다. 열정적으로 참여하면서도 따뜻함이 있었다. 설령 대선에서 누군가가 지더라도, 반통령이 된 친구는 상대 정당 소속 거물급 인사들을 모두 장관으로 기용하는 등 협치의 그 자체를 보여주었다.

특수 반에도 소속되어 있는 단이는 광조민반 시스템에서 조금은 상처받을 '뻔'했다. 단이는 반회의원이 되고 싶어서 계속 선거에 출마했지만, 어째 당선이 되지는 않았다. 매번 총선마다 득표는 조금씩 늘기는 했던지라, 광조는 그 점을 부각하며 단이를 달래곤 했다. 하지만 "어쨌든 떨어진 거잖아요, 엉엉" 하고 우는 단이를 진정으로 위로할 수는 없었다. 매번 총선에 당선되던 시율에게는 그 울음이 의미 있게 다가왔다. 저렇게 슬퍼하는 모습을 보니 걱정도 되었다. 그래서 뭔가 바꿔보고자 했다. 늘 무소속으로 출마하던 '중립자' 시율은 어느 날 갑자기 정당에 가입했다. 당원들의 세력이 강하던 빛가람 사랑당에는 영향력을 발휘하기 어렵다 판단했다. 당원들의 결속력이 약하던 평호당에 가입했다. 그 직후 단이를 직접 자기네 당으로 영입했다. 당원들을 설득하여 단이를 자기네 당 소속 비례대표로 내세웠다. 당권을 장악하고 있던 윤호의 마음도 움직였다. 그렇게 단이를 비례대표 1순위로 배치했다. 당 유세 활동 때 모든 광민(광조민반의 국민) 앞에서 시율이 말했다.

"모둠 활동 상황에서 단이가 여러 좋은 아이디어를 제안했던 기억이 나요. 그래서 저희 당에서는 단이가 의원으로서 좋은 법안을 만들어내리라 믿습니다. 우리 반 친구들의 지지를 부탁합니다."

시율의 설득이 먹혔고, 단이는 압도적인 정당 비례대표 득표를 이끌며 반회의원이 될 수 있었다. 그런 모습들 속에서 광조는 감동을 받았다. 아이들이 하루하루 따뜻한 모습을 보여주는구나.

하지만 그 속에서 잘 표면화되지 않는 아픔들을 찾아내야만 했다. 우선 채성의 문제를 다시 짚었다. 정신없는 틈에 채성과의 상담 기회가 너무 줄었다. 실태조사 이전에는 틈틈이 하루에 5분이라도 채성과 대화를 나눴는데, 실태조사 이후 사안 처리를 위해 모든 노력을 기울이다 보니 그럴 수가 없었다. 확실히 채성은 광조민반 프로젝트에도 그닥 참여하지 않는 모습이었다. 아이들과 여전히 잘 어울리지 못했다. 아이들과의 간극이 어쩌면 더욱 커진 것 같다는 생각이 들었다. 다른 아이들에게 물어보며 돌아가는 상황을 확인해보았다.

"채성이가 저한테도 도통 마음을 안 열어서요, 선생님."

또래상담 동아리 멤버로 활발하게 활약 중인 경아도 어쩔 도리가 없다는 듯 도리도리였다. 학교폭력 사안 처리 이후 조금의 여력이 생겼으니, 광조는 그 약간의 짬을 채성에게 쏟기로 마음먹었다. 하루, 이틀. 그렇게 광조가 채성에게 다시 다가간 시간들. 채성은 드디어 마음을 열었다.

"선생님, 제 이야기 들어줄 수 있죠?"

그간의 일 중 가장 고민이고 힘들었던 사건을 말해주었다. 채성은 그 사건의 주요 인물로 유미하라는 아이를 지목했다. 옆 반의 아이였다.

'어디서 그 이름을 들었던 기억이 나는데….' 곰곰이 생각해보니 학교에 오자마자 교장, 교감이 지목했던 아이 중 하나였다는 것이 떠올랐다.

"개가 작년에 절 다짜고짜 때렸던 적이 있어요. 왜 때리냐고 물어보니까 그냥 재수 없어서래요."

그 억울한 상황에 채성은 당연히 화를 냈고, 미하는 그 모습을 영상으로 찍었다. 그 영상에는 욕설도 들어가 있었다. 심한 정도의 비속어는 아니지만, 현재 학교폭력 신고 시스템에서는 문제로 삼으면 문제가 될 수도 있을, 그런 수준의 욕설이었다.

"그 영상을 저한테 보여주면서, 제가 나대면 그 영상 학교에 뿌리겠다고…. 그리고 학교폭력 신고도 해서 저 가해자로 만들겠다고 그랬어요, 선생님. 흑흑."

훌쩍거리며 채성이 말했다.

"걔가 그 뒤로도 저 괴롭히고 때리고, 이런 걸 신고하고 싶은데요 선생님. 선생님이 제일 잘 아시겠지만, 그러면 저도 학교폭력 가해자가 된다면서요. 어떻게 해야 좋을지 모르겠어요. 엉엉."

채성이 말하는 내용은 '맞폭'에 해당하는 내용이었다. 실제적인 학교폭력 가해자가 상대방의 흠집을 잡아서 같이 학교폭력 신고를 걸어버리는 방식이다. 정말 많은 사례에서 그렇게 대처한 가해자들이 많았다. 채성이 걱정하는 바가 어떤 점인지 이해되었다. 광조는 채성의 손을 잡고 말했다.

"말해줘서 고맙다, 채성아. 너의 마음을 알게 되니 선생님으로서도 어떻게 너에게 도움을 줄 수 있을지 방향이 조금씩 보인다. 함께 그 길을 잘 찾아보자."

채성은 눈물 가득한 얼굴로 고개를 끄덕였다. 그리고 이야기를 더 나누었다. 또래상담 동아리에서 본격적으로 활동하기로 약속을 했다. 그리고 친구들에게도 마음을 더 열기로 했다.

"저도 알아요, 선생님. 선생님이랑 친구들이 어떻게 도움을 주려 했는지요. 늘 고마워요. 그런데 많이 무서웠어요. 저보고 나대지 말라고 협박해서…."

그것은 걱정하지 말고, 우선 친구들과 함께 힘을 합쳐보자고 다독였다. 채성이 겪고 있는 어려움은 단순히 법적 절차로 해결이 어려운 과정이었다. 미하의 악행을 신고하면, 채성의 걱정대로, 채성도 학교폭력 언어폭력 가해자로 심의위에 가게 될 것이다. 신고하면, 자칭 피해자가 존재하면, 누구든 가해자가 될 수 있으니까. 게다가 채성의 욕설이 녹음된 파일도 그 아이에게 있으니까. 좀 더 마음을 놓고 학교생활을 할 수 있도록 6학년 전체적으로 분위기를 다잡아야겠다고 생각했다.

광조는 옆 반 구성희와 이야기를 나눴다. 미하의 담임교사인 구성희와의 협조가 많이 필요하리라 판단했다. 동시에 채성을 보호할 즉각적인 방법이 필요했다. 잠시 고민을 하다가, 휴대폰 속 저장된 연락처를 훑어보았다. 그러다 학교폭력 전담경찰관에게 연락했다.

"선생님, 오랜만입니다! 잘 지내셨지요?"

"네, 여러모로 좀 협조가 필요해서요. 6학년 아이들 분위기 좀 잡아보려 합니다.

"안 그래도 저희도 이번에 내려온 사업 하나가 있어서요. 그것 때문에 선생님께 도움 요청을 드리려 했는데, 잘 된 것 같은데요?"

해당 지역 경찰서에서 전담경찰관에게 맡긴 학교폭력 예방 교육 사업을 가담초등학교 6학년을 대상으로 실시하기로 했다.

VR 예방 교육, 폭력 예방 연극 공연 등 소소한 행사를 추진하면서, 동시에 학교 전담경찰관이 직접 학교에 방문하여 학생들 대상으로 폭력 예방 교육을 추진하기로 했다. 이런 교육 한 번으로 아이들이 달라질 리는 없지만, 채성에게 당장의 추가적인 폭력이 가해지는 것에 대한 경고 차원이었다. '일단 이렇게 채성이를 보호하면서….'

또래상담 동아리 멤버 전원을 모아서 상담 교육을 실시하면서 놀이 프로그램을 진행했다. 평일 오후 시간대를 활용해 전 학년 또래상담 동아리 멤버들이 어울려 놀기로 했다. 광조가 얼마 전 보결 수업을 들어가 친해진 1학년 아이들부터 시작해서 모든 학년에 광조를 따르고 좋아하는 멤버들이었다. 그 속에서 채성이 잘 어울리며, 심리적으로 안정을 찾기를 원했다.

31. 고민

윤성의 모, 최현정은 윤성과 관련하여 다소 간의 문제는 있었지만 잘 극복했다고 생각했다. 윤성이 사고를 치고 다닌다는 것이 알려지는 것이 부담스럽긴 했다. 주변 사람들의 시선도 신경 써야 했으니까. 하지만 일련의 사건을 거치면서 오히려 전화위복이 되었다.

윤성이 그렇게 사고를 쳐도, 사실 별 처분이 없던 결과에는 최현정의 역할이 컸다는 소문이 돌기 시작했다. 그녀를 질투하는 사람들도 생겼지만, 그 질투도 그녀에 대한 두려움을 넘어서진 못했다. 학부모들은 학교폭력 신고 절차에 대해 사실 경험해보지 않으면 모르기에, 그들에게는 최현정이 가진 권력으로 자녀의 범죄 행위가 무마된 것으로 여겨졌기 때문이다.

그런 분위기는 알음알음 그녀와 친한 학부모들에 의해 전해졌고, 그 결과 그녀는 기세등등했다. 처음부터 겨냥했던 그녀의 목표를 쟁취한 셈이었다. 다른 엄마들과 친해지기 위해 노력하고, 학교의 운영위와 관련된 일에 관여하며, 학교폭력 전담기구 위원이라는 자리까지 차지한 것은 순전히 그녀의 계획에 의한 것이었으니까. 지금의 이 결과는 그녀에겐 반짝반짝 빛나는 훈장이었다.

"여보, 내가 이렇게 윤성이를 위해 힘쓰는 거 알아? 자기도 뭔가 좀 해야지."

"여기서 내가 뭘 더 하라고."

"학원도 몇 개 더 보내고 해야 윤성이가 좀 더 크지. 지금 내가 학교에서 이 일 저 일 맡으면서 뒤치다꺼리 다 하는 이유가 뭔데?"

"누가 그런 거 하랬어? 당신이 그냥 하고 싶어서 하는 거 아냐. 학교에서 완장질이나 하려고 그러는 마음 뻔히 누가 몰라."

"무슨 말을 그런 식으로 해?"

"다짜고짜 뭘 더 하라고 말하는 꼬락서니는 정상이고?"

하지만 그 훈장도 모든 상황으로부터 그녀를 빛나게 해주진 못했다. 가정에서 끊임없이 이어지는 다툼과 불화는 그녀의 치명적인 약점이자 두려움이었다. 무슨 말만 해도 다툼으로 이어지는 부부의 대화. 이 대화의 시작도 그녀로서는 그냥 자기의 노력을 알아달라는 투정이었는데. 그 투정은 결국 거친 말과 다툼으로 이어졌다. 말로만 다툼이 끝나면 좋겠지만 부부의 다툼은 언제나 쉽게 끝난 적이 없다.

와장창. 쨍그랑. 툭- 턱.

집 안에 있는 물건 수십여 개가 깨지고 나서야 다툼이 멎는다. 다툼이 멎고 나면 상처는 도진다. 그 상처가 그 자리 그대로 번지지 않으면 좋으련만, 상처는 쉽게 번져간다. 마치 질병이 전염되는 것처럼 몸 안에서, 마음 안에서 번져간다. 자꾸만 쌓이는 상처는 그녀를 갉아 먹기 시작했다. 그녀는 상처를 옮기기 시작했다.

퍽-. 짝-.

매를 들기 시작했다. 훈계라는 이름, 교육이라는 이름이었다.

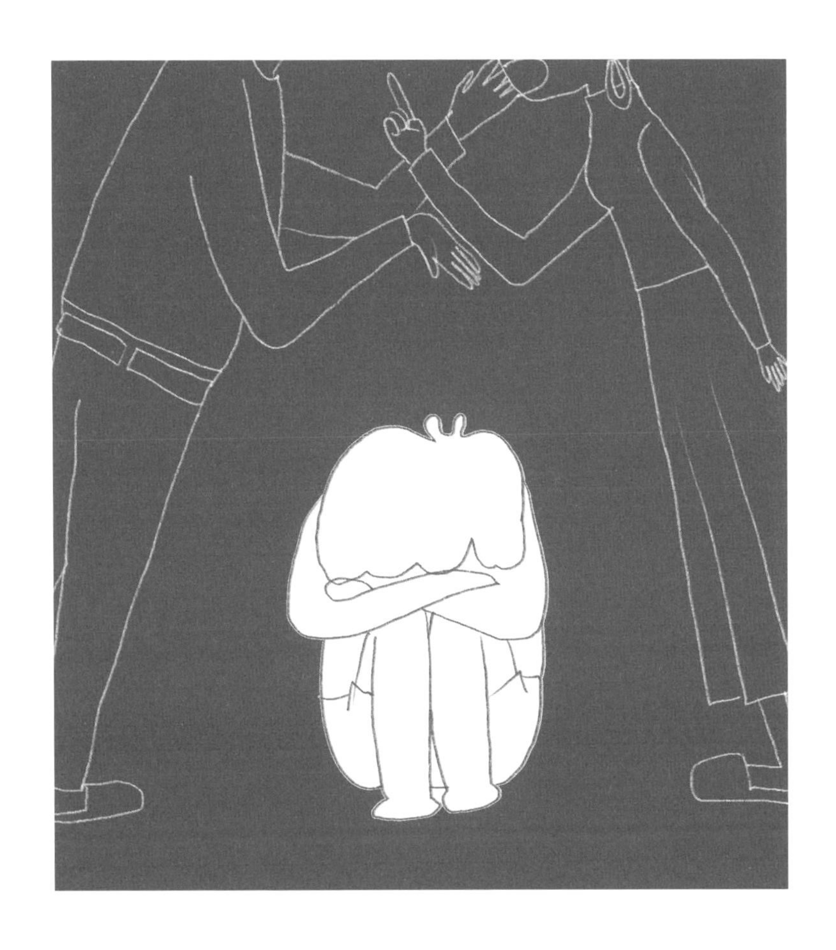

"야, 이 새끼야. 내가 누구 때문에 이 고생하는데. 정신 안 차릴래? 이 개만도 못한 놈."

아이를 위한 것이라고, 진정한 교육을 위해 어쩔 수 없다고 합리화하며 거친 말도 사용했다. 이렇게까지 자기가 노력하고 있는데, 가정에서 알아주는 이 하나 없다는 서운함이었다. 그 서운함의 근본적인 원인은 자신의 아들이었으니까. 그 아들 때문에 노력하고 있는데, 그 노력을 아무도 몰라주는 거니까. 그렇게 자신을 정당화했다. 상처를 그렇게 치료하려 했다.

시간이 갈수록 윤성이 대드는 횟수도 늘었다. 최현정과 윤성이 동네방네 떠나갈 듯 싸우는 일도 종종 발생했다. 윤성의 머리나 배를 여기저기 때렸다. 윤성이 엉엉 울기도 하고, 때로는 최현정이 고래고래 소리를 지르며 울기도 했다. 참다못한 이웃집의 신고로 아동학대 조사를 받기도 했다. 막상 경찰이 윤성의 집에 와도 할 수 있는 건 없었다. 피해 아동인 윤성은 부모와 떨어져 지내고 싶진 않고 그럴 정도도 아니라고, 그저 같이 다툰 것뿐이라고 경찰에게 말했다. 최현정도 아이를 훈계 차원에서 혼낸 것인데, 뭘 그리 유난을 떨어 찾아온 것이냐고 화를 냈다. 그런 상황에 딱히 물증도 없어 할 수 있는 게 사라진 경찰은 경고의 말을 한 번 더하고 돌아가는 수밖에 없었다. 이런 과정이 여러 번 반복하여 일어났고, 이에 따라 최현정의 마음속에는 더욱 강렬한 분노가 더해졌다.

'내가 어떻게 살았는데. 지들이 뭘 안다고 신고야. 나만큼 할 수 있어? 이런 싸가지 없는 아들을 이 정도로 키운 건 오로지 내 능력 덕분이라고. 학대는 무슨 학대.'

최현정은 그렇게 자신의 아픔을 달래고자 했다.

교실 속에서 채성은 하루에 한두 번씩 재잘거리고 집에 가기를 반복했다. 일종의 비공식 상담이랄까. 광조에게 자신의 마음을 털어놓고 마음이 놓였다. 광조가 하자는 대로 이 활동, 저 활동에 참여하고 나니 머리가 상쾌해졌다. 친구들, 동생들과 같이 놀고 떠들다 보니 웃음도 늘었다. 미하와 그 일당이 언제라도 자신을 괴롭힐 것 같다는 감정에서 올라오는 두려움이 가라앉기 시작했다. 수업이 끝나고 나면 괜히 광조에게 말 한마디라도 더 걸고 갔다. 광조가 되지도 않는 농담을 할 때는 꺄르르 웃음이 나오기 시작했다. 그렇게 상처가 낫고 있었다. 그렇게 조금은 변하고 있었다.

교실 안과 밖의 서로 다른 상처들이 서로 다른 모습으로 흘러가고 있었다.

32. 신고

【아동학대처벌법 제10조 제2항】

신고 의무자는 직무를 수행하면서 아동학대범죄를 알게 된 경우나 그 의심이 있는 경우에는 시·도, 시·군·구 또는 수사기관에 즉시 신고하여야 한다.

점심시간. 4학년 3반 담임교사 박한빛은 광조에게 전화를 걸었다.

"부장님, 잠깐 이야기 가능하실까요?"

긴장한 목소리였다. 당장 4학년 교원연구실에서 만나기로 했다. 광조와 박한빛은 이야기를 시작했다.

"부장님, 저희 반 아이가 부모님한테 맞아서 상처가 생겼다고 말을 했어요."

"아동학대 사안인가요?"

"아, 그게 참 애매합니다. 처음에는 손바닥으로 맞았다고 말했는데, 사람 손으로 생긴 상처라기엔 상흔이 좀 달랐거든요."

광조는 박한빛의 이야기를 들으며 고개를 끄덕였다. 동시에 휴대폰에 저장해둔 아동학대 사안 매뉴얼 PDF 파일을 열었다. 박한빛이 이어서 말했다.

"그래서 몇 번 캐물었더니 야구 방망이로 맞았다고 하다가, 또 회초리로 맞았다고 하다가 말이 계속 달라졌어요. 어머니께 맞았다고 주장하는 시간도 저녁이라 했다가, 다시 아침이라고 했다가 계속 말을 바꾸고요."

"아이 말이 신뢰성이 떨어진 거군요."

"네, 그래서 이걸 신고를 해야 하나, 말아야 하나 고민이 너무 큽니다. 곧 아이들 하교 시간이 다가와서, 부득이하게 급히 여쭤보게 되었습니다."

광조는 휴대폰에 띄워놓은 매뉴얼에서 시선을 잠시 떼고, 박한빛을 바라보며 말했다.

"아동학대 사안…. 이건 순전히 주어진 정황만을 근거로 교사들이 판단하게 되어 있어서 너무 어렵네요. 하지만 매뉴얼에 따르면 이런 의심 상황에서도 우선 신고를 하라는 의미 같긴 해요. 상처가 분명 있었죠?"

"네, 멍이 선명하게 들었어요."

"피해 사실 인지 즉시 신고가 원칙이긴 하니까요. 다만 지금 우리의 생각대로 아이가 거짓말을 한 경우에는…."

"네, 부장님. 저도 그 점이 걱정입니다. 설령 진짜 가해자여도 제가 모든 각오를 하고 신고를 해야 하는데, 아이의 말이 거짓말일 경우엔 앞으로 남은 학기를 어떻게 보내게 될지 상상도 안 갑니다."

"그렇다면 교감 선생님, 교장 선생님과 논의를 먼저 해보심이 어떨까요?"

교감과 교장, 박한빛은 10여 분 동안 이야기를 나누었지만 쉽게 결론을 내리지 못했다. 결국은 박한빛이 스스로 선택하도록 결론을 내렸다. 박한빛은 답을 못 찾겠다며 다시 광조를 찾아왔다.

"저도 법 전문가가 아니라서 참 답답하네요. 일단 저는 변호사에게 직접 물어볼게요. 선생님은 혹시 학교전담경찰관에게 도움 요청해보시겠어요? 아동학대 담당 기관은 아니지만, 저희 학교전담경찰관님이 여청과 소속으로 경위 직급이시니까요. 사법경찰관리에 해당하십니다. 비슷한 사안들 지켜보셨을 거고, 같은 과 소속 직원을 통해서도 조금 더 현실적인 조언 해주실 수 있을 것 같아요."

박한빛은 알겠다고 대답하고, 학교전담경찰관의 연락처를 적어갔다.

이후 광조는 담임 박한빛의 구술을 기반으로 아동학대 신고에 대한 보고서를 작성했다. 교장과 교육청에 보고하기 위해 공문을 작성하여 상신했다. 동시에 매뉴얼을 다시 확인했다. 좁다란 화면을 계속 들여다보니 눈이 아파 휴대폰을 끄고 책자를 찾았다. 교육부, 연구소, 교육청에서 공동으로 제작한 '아동학대 예방 및 대처 요령'이었다. 97쪽을 폈다.

교사 직군은 아동학대범죄를 인지하거나 의심이 있는 경우 시·도, 시·군·구(아동학대전담공무원, 긴급전화) 또는 수사기관(112, 학교전담경찰관)에 즉시 신고.

즉시 신고라는 문구가 더욱 압박감을 줬다. 상황을 파악하고 어떤 방법으로 신고해야 하는지 구체적인 내용은 없었다. 사안 판단이나 과정 처리에 대한 모든 판단이 오로지 교사의 판단에 맡겨져 있었다. 밑의 문구를 더 읽어나갔다.

신고 후 학대 증거 확보 및 신고 내용 비밀엄수, 피해 아동 보호를 위한 긴급대책 마련, 응급상황 시 위험 상황으로부터 아동을 분리하는 것이 우선, 학교장 및 교육(지원)청에 아동학대 사안 보고.

곧 아이들의 하교 시간이었기에, 판단을 빨리 내려야 했다. 광조는 머리를 굴렸다. 아동학대 신고를 학교에서 했다는 것이 밝혀지면 결국 신고자가 담임교사로 특정이 될 가능성이 크다. 동시에 지금 아동학대 신고를 하면서 아이가 학원에 못 가게 되면 신고 사실 자체를 학부모가 인지하게 될 것이다.

답이 나오질 않았다. 광조는 조언을 얻기 위해 시 교육청 고문 변호사에게 전화했지만, 변호사는 다른 업무로 자리에 없었다. 다음 날 전화를 주라는 안내를 받았다. 어쩔 수 없이 사비를 들여 온라인 유료 법률 상담을 신청했다. 변호사에게 질문하면서, 동시에 학교 시정을 체크했다. 곧 있으면 4학년이 하교할 시간이다. 박한빛을 통해 아이의 오후 일정을 확인했다. 방과 후에 바로 수학 학원에 가기로 되어 있었다. 아이는 절대로 학원 결석이 불가능하다고 말했다. 결석하는 즉시 학원에서 바로 아이의 부모에게 연락이 가는 시스템이 갖춰져 있다고 설명했다. 광조는 조심스레 잠시만이라도 아이가 교실에 남을 수 없는지 확인을 다시 요청했다. 아이는 오늘 학원에 빠지면 엄마가 화낼 것이라며, 결석하는 것은 절대 불가능하다고 대답했다.

아이 말이 맞다면 어떻게 대처해도 결국 신고 사실이 노출된다. 지금 학원에 안 보낸다면, 학원은 부모에게 연락을 취할 것이다. 그렇다고 학원에 직접 '아동학대 신고 사안으로 아이가 잠시 상담을 할 것이다'라고 설명하며 도움을 요청할 수도 없다. 확정되지도 않은 가해 사실을 알려버리는 셈이 되니까. 이유를 말하지 않고 붙잡아두면 부모에게 바로 항의 전화가 올 것이고, 어쩌면 학교로 쫓아올지도 모른다. 그렇다고 막무가내로 아이를 교실에 남기고 모른 체하며, 입을 꾹 닫고 있을 수도 없는 노릇이다. 아이가 실종 상태가 되어버리면, 학원과 가정에는 어떤 혼란이 발생할 것인지 눈에 뻔히 보이기 때문이다.

결국 광조와 박한빛은 아이의 오후 일정을 분명하게 확인받고, 학원에 가는 그 시간대에 간섭하지 않기로 했다. 자칫하면 신고 교사가 담임교사로 확정되어, 가해자로 지목된 학부모의 민원에 담임교사가 일대일로 노출되는 위험에 처할 수 있다. 그뿐 아니라 이 일이 실제로 아동학대가 발생한 사안일 경우엔 아동의 신변이 위험해지는 결과로 이어질 수도 있다. 어떻게 처리해도 완벽한 답은 나오지 않을 문제였다.

박한빛에게 학교전담경찰관은 "의심이 가면 신고하라는 답변밖에 할 수 없다"라며 원론적인 대답을 해주었다. 이에 박한빛은 아이가 곧 집에 갈 예정이며, 5분 안에 경찰이 학교에 와줄 수 있는지 물었다. 경찰은 그것은 무리이며, 10분 안에 도착할 수 있고 수사는 20분 정도 소요될 수 있다고 대답했다. 그 정도의 시간 소요는 아까 광조와 박한빛이 염려했던 경우의 수에 걸려든다. 아이를 잡아둘 수가 없다. 담임교사를 위해서도, 아이를 위해서도 그렇게 붙잡아둘 수가 없었다. 학교전담경찰관은 같은 과에서 아동학대 업무를 전담하는 경찰의 전화번호를 알려주었다.

그 내선 번호로 전화를 걸어 박한빛은 상담을 이어갔다. 지금 아동학대 사안을 신고하고자 한다고, 아이는 학원에 가기로 확답을 받았다고 말했다. 경찰은 아이가 학교에 있지 않으면 수사가 어렵다며, 다음 날 신고하라고 했다.

박한빛은 오늘 신고를 접수하고 싶었다. 다시 112로 직접 전화를 걸어 본인은 아이의 담임교사로서 신고를 원하며, 지금 당장 아이를 위해 대처를 취해달라 요청했다. 하지만 경찰은 학교를 떠난 학생에 대한 수사가 어렵다고 말했다. 사설 기관인 학원의 협조를 구하기엔 어려움이 많다는 설명이었다. 결국, 다음 날 아침 112로 신고하기로 했다.

광조가 얻은 온라인 서비스 답변에 따르면 응급조치에 대한 권한은 학교에 없다. 즉, 위험하다는 생각이 들어도 가해자인 보호자와 학생이 만나지 못하도록 분리하거나 학생을 잡아둘 법적 권한이 학교엔 주어져 있지 않다고 했다. 결정적으로 교사에겐 사안과 관련한 수사권도 없다. 상대 부모가 불만을 갖게 되면 교사의 모든 대처는 불법적인 행동으로, 그러니까 아동학대로 판단될 수도 있다.

【아동학대처벌법 제12조 제1항】

현장에 출동하거나 아동학대범죄 현장을 발견한 경우 또는 학대 현장 이외의 장소에서 학대 피해가 확인되고 재학대의 위험이 급박 • 현저한 경우, 사법경찰관리 또는 아동학대전담공무원은 피해 아동, 피해 아동의 형제자매인 아동 및 피해 아동과 동거하는 아동(이하 "피해 아동 등"이라 한다)의 보호를 위하여 즉시 응급조치를 하여야 한다.

학생이 학원에 못 가게 학교에서 조치한 경우, 자유로운 이동을 막은 '아동학대'로 문제 삼을 수 있다는 위험성이 분명 존재한다. 하긴 얼마 전에도 한 학교에서도, 수업이 끝나고 아이를 교실에 남겨뒀다는 이유로 아동학대로 공격당한 사례가 있었다고 들은 적이 있다. 결론을 쉽게 내릴 수가 없었다. 법률의 전문가조차 함부로 판단하기 어려운 문제들이 복잡하게 엮여있었다.

박한빛이 말했다.

"부장님, 그런데 제가 신고자로 밝혀지는 건 진짜 너무 두렵거든요. 어머니가 어떻게 나올지…. 이 부분 걱정이 너무 큽니다."

"우선 사안을 아는 사람이 선생님뿐이 아니라는 정황을 만들어놓죠. 내일 경찰이 오기 전에 제가 아이랑 상담을 한 번 할게요. 그리고 교감 선생님이랑 교장 선생님과도 이야기를 나누게 하도록 하겠습니다. 그러면 아이의 사안에 대해 인지한 사람이 3명이 더 늘어나니까, 아마 보호자가 선생님께 항의를 해도 적당히 둘러댈 수 있을 것 같습니다. 제 선에서 선생님을 보호해드릴 수 있는 방법이 이 정도밖에 생각나지 않습니다. 죄송합니다."

"죄송하다뇨, 부장님. 정말 감사합니다. 그렇게 해주시면 좀 더 안전할 것 같습니다. 감사합니다, 부장님."

다음 날 오전, 박한빛은 다시 112에 신고했다.

33. 분노

【아동학대범죄의 처벌 등에 관한 특례법】

제10조(아동학대범죄 신고의무와 절차) 제3항

누구든지 제1항 및 제2항에 따른 신고인의 인적 사항 또는 신고인임을 미루어 알 수 있는 사실을 다른 사람에게 알려주거나 공개 또는 보도하여서는 안 된다.

제10조(아동학대범죄 신고의무와 절차) 제4항

제2항에 따른 신고가 있는 경우 시 · 도, 시 · 군 · 구 또는 수사기관은 정당한 사유가 없으면 즉시 조사 또는 수사에 착수하여야 한다.

경찰들은 아이를 불러 약 30여 분 면담을 했다. 이후 즉시 아동학대 가해자인 부모와 피해 아동이 분리될 필요가 없다고 판단했다. 그래서 아동과 보호자의 분리는 이루어지지 않았다. 이후 아동학대전담공무원도 방문했다.

"사실 여기 가정에서 아동학대 신고 접수 건이 좀 많았어요."

"어…. 여기 가정이라 하시면 가담초 전체를 말씀하시는 걸까요?"

"아뇨, 여기 이 집요. 몇 년 전에도 한 번 저녁에 집에서 아이가 직접 신고를 했던 적도 있고요. 사소한 건수로 저랑 자주 면담을 했었거든요."

광조는 놀란 표정으로 고개를 끄덕였다. 동일한 가정에서 여러 번 아동학대 신고가 이루어졌어도, 별다른 해결 방법이 나오지 않는다는 말로 들렸다.

"아마 이번 건도 심각하게 일이 번지거나 그러지는 않을 겁니다. 선생님들께서 고생해주셨지만요. 실제로 아이랑 부모가 다투는 때도 좀 있기도 하지만, 부모님이 체벌한 적이 없는 것 같거든요? 때렸다는 확실한 증거가 발견된 적이 단 한 번도 없어요. 아이가 좀 엄살이 심하기도 하고요. 거짓말로 신고한 적이 몇 번 있었죠."

심각한 아동학대 사안이 아니라면 다행이겠다는 생각이 들면서도 묘한 감정이 들었다. 신고를 한다고 뭐가 크게 달라지는 것은 아니구나 싶었다. 동시에 아이가 거짓말을 하면 신고 의무자로서는 어쩔 도리가 없는 것인지 답답함도 느꼈다. 이참에 아동학대 매뉴얼을 숙지해야겠다는 생각이 들었다. 책자를 넘기고, 법령정보센터에서 관련 법률을 하나하나 다시 찾아보았다. 그러던 오후 박한빛이 광조 교실로 찾아와 말했다.

"부장님, 어제 저녁에 이런 문자가 왔습니다…."

박한빛이 휴대폰을 건넸다.

모	선생님, 오늘 경찰서에 저 신고했어요?
박한빛	네? 무슨 말씀이실까요.
모	아이가 아동학대 당했다고 신고를 하셨냐고요.
박한빛	아닙니다. 저는 모르는 사안입니다.
모	모르신다고요. 그러면 생활부장 선생님이나 교감 선생님, 교장 선생님 중 한 분이 저 신고하셨나보네요?

"어, 지금 신고 사실이…."

"네, 부장님. 신고자가 누구인지 밝혀진 건 아니지만요. 이 정도면 신고가 접수된 시간대도 노출되었다고 봐야 할 것 같아요. 학교에서 교사가 신고했다는 걸 알 수 있을 것 같고요."

"하…. 어제 오후 이 문자를 주고받은 것이죠?"

"네, 부장님."

"신고 당일 바로 가해자에게 신고 사실이 전달된 거군요."

앞으로의 시간이 걱정되었다.

"우선 신고자가 직접 노출된 것이 아니니 걱정은 마세요, 선생님. 당장은 누가 신고한 것인지 모른 척해도 될 겁니다. 당장 담임교사, 관리자, 그리고 이 업무를 담당하는 저까지 포함해서 후보군이 여럿이니까요. 실제로 문자로도 확정까진 못했으니. 담임 선생님으로 단정 지을 수도 없고, 신고 내용은 학교와 교육청, 경찰만이 알고 있으니 누구라고 특정될 내용이 어머니의 귀로 들어갈 수도 없을 겁니다."

"네, 부장님. 안심시켜주셔서 감사합니다. 전 이제 그저 일이 잘 마무리되면 좋겠어요. 이렇게 일이 커지길 바라는 것은 아닌데, 신고의 의무가 있으니까…. 그런데 막상 신고해도 큰 대처는 없는 것 같은데, 또 학부모로부터 이런 압박은 느껴지고. 애초에 아이 말도 딱히 신뢰는 안 가고. 그냥 무섭고 답답합니다. 제가 아동학대를 한 것도 아닌데…."

"그러게요. 저도 최대한 상황 잘 살펴보고 있겠습니다. 힘내세요. 제가 드릴 말씀이 이것밖에 없어서 죄송합니다."

"아휴, 아닙니다. 늘 감사합니다."

주먹을 불끈 쥐어 보이며 박한빛은 웃어 보였다. 광조는 교실에서 여러 가지 서류를 작성했다. 퇴근 시간이 이미 훌쩍 넘었지만, 업무가 도통 마무리될 것 같지가 않았다. 교실에 남아서 남은 업무를 처리하던 늦은 저녁이었다.

똑똑똑. 이 시간에 누구일까, 깜짝 놀랐다.

"네, 들어오세요."

"부장님, 계속 귀찮게 해드려 죄송합니다. 저 박한빛입니다…."

집에 갔을 줄로만 알았는데, 광조는 깜짝 놀랐다.

"아, 예! 이 시간에, 왜 퇴근도 못 하시고. 아니, 지금 무슨 일 있나요?"

보아하니 안색이 좋지 않았다. 당장이라도 울 것 같은 표정이었다.

"부장님, 이 기사가…."

휴대폰을 건네받아 기사 제목을 확인했다.

아동학대 의심에도 불구하고 보호를 안 한, 막 나가는 초등학교

"아니, 이게 지금 설마…."

"네, 저희 학교 일로 쓴 내용이에요. 우리 학교에서 아동학대 신고 처리를 똑바로 안 했다고 기사가 나왔어요."

지방 언론사 소속 기자의 글이었다. 기사에는 가정폭력으로 인한 아동학대가 의심되는 학생을 아무런 조치 없이 집으로 돌려보낸 학교와 교사를 비난하는 내용이 적혀 있었다.

11일 한 초등학교와 경찰 등에 따르면 학교 측은 담임교사를 통해 재학생 A군의 가정폭력 피해 사실을 확인했다. 담임교사는 아동학대 정황 발견 시 신고 의무자에 해당하며, 112 또는 아동보호전문기관에 신고해야 한다. 그리고 신고 후 학생을 보호해야 한다. … 이 과정에서 학교 측의 대응이 적절했는지 비판 여론이 생겨났다. 학교 측이 아동학대 정황을 발견하여 신고하고도, 사안에 대해 큰 관심을 갖지 않고 허술하게 대처했다는 지적이다. 피해 아동과 가해자를 즉각적으로 분리하는 응급조치를 적용하지 않은 채, 아동을 집으로 돌려보낸 점이 제일 큰 문제로 언급되고 있다. 경찰은 특히 학교에서 수사를 진행해야 신고 사실이 가해자에게 노출되지 않는다는 사실을 거듭 강조했다. 아이는 그렇게 무방비로 학대에 노출되었다.

기사를 다 읽고, 광조는 화가 났다. 학교가 할 수 없는 것을 요구하는 것만 같았다. 게다가 신고자를 담임교사로 명시했다.

"아니, 지금 이걸 기사라고 냈다고요."

"부장님, 어떡하죠. 너무 무섭습니다."

박한빛이 절망적인 표정을 지었다.

"선생님, 일단 걱정은 마시고 침착하세요. 기사 내용에 사실이 없잖아요. 반박자료 즉시 준비하겠습니다."

곧이어 교장의 전화가 왔다. 혼란스러웠다.

"늦은 저녁 미안합니다. 위 부장님. 지금 기사 확인하셨을까요? 무슨 내용인진 알고 계실까요?"

"네, 확인했습니다. 교장 선생님. 그런데 이거 기사가 문제가 너무 많아서 어디부터 반박해야 할지 모르겠습니다. 학교 측 대응과 입장이 너무 왜곡되어 있습니다."

"네, 알고 있습니다. 부장님께서 어떻게 애쓰셨는지 알지. 놀라지 말고, 하나하나 처리합시다."

혹시라도 자신과 박한빛을 탓하며 화를 내지 않을까 걱정했던 찰나에, 안심되는 대답이었다. 마음이 차분해졌다.

"예. 일단 근거 자료를 모아서 보고 오늘 저녁이나 내일 오전까지 드리겠습니다."

박한빛과 이야기를 나누고, 휴대폰 통화 및 문자 기록을 통해 하나하나 타임라인을 작성하기로 했다. 컴퓨터 앞에 마주 앉았다.

"선생님, 가장 먼저 학교전담경찰관과 통화를 하셨죠?"

"네, 부장님하고 이야기 나눈 후 바로요."

"그때 학교전담경찰관과 어떤 이야기를 나눴죠? 통화 녹음은 됐나요?"

"하, 부장님. 제 핸드폰이 녹음이 안 되는 기종이라."

"아쉽네요. 그래도 통화 내역은 남아있지요?"

"예, 부장님."

"학교전담경찰관이랑 모든 경찰 부서와 통화한 기록, 지금 스크린샷으로 찍어 제게 보내주세요."

함께 확인한 결과, 박한빛은 하교 직전 학교전담경찰관에게 통화를 시도했다. 여러 내용을 검토하기 위해 3차례 정도 통화가 오갔다. 이후 전담경찰관이 경찰서 내 아동학대를 담당하는 부서의 내선 번호를 알려주고, 그곳에 신고하라고 안내했다. 박한빛은 곧바로 내부 부서에 전화했고, 이때 신고를 원한다는 내용을 전했다. 하지만 해당 경찰관은 아이가 학교에 없으니 다음 날 신고하라고 했다. 당일 저녁, 학부모로부터 문자가 왔다. 여기까지가 신고 전날의 일들이었다.

"그래요. 지금 상황이 이랬단 말이죠."

머리를 긁적거리며 광조가 말했다.

"선생님, 우선 댁으로 가서 쉬세요. 남은 것은 제가 처리하겠습니다."

망연자실한 박한빛을 위로하며 어서 퇴근하라고, 등 떠밀듯 내보냈다. 이후 기사 내용과 타임라인을 대조하며 허위 내용을 짚었다.

기사 내용 정정 요청을 위한 자료

작성자: 가담초등학교 생활부장 위광조

귀사에서 보도한 기사 내용과 실제 사실에 차이가 있음과 동시에 위법적 사항이 발견되어, 이에 대한 정정을 요청합니다.

1. 학교가 아동학대 사실을 파악한 이후, 112 및 학교전담경찰관에게 신고할 수 있도록 명시하고 있음(근거: 아동학대 예방 및 대처 요령, 교육부, 97쪽)
2. 신고자는 학교전담경찰관과 3차례 통화 후 안내에 따라 경찰서 내 아동학대 담당 부서와 통화하였음.
3. 경찰서 내 아동학대 담당 부서는 '아이가 학원에 있다'라는 교사의 말을 확인하고, 다음 날 신고하라고 안내하였음.
4. 아동학대 사안에 대한 즉시 분리조치나 응급조치는 학교에서 취할 수 없음. 아동학대처벌법 제12조에 근거하여 피해 아동의 격리 등은 사법경찰관리와 아동학대전담공무원만이 취할 수 있는 권한임.

5. 학교에서는 아동이 학원에 가는 일정을 파악하고, 학원에 가는 것에 대해 확답을 받은 후 해당 내용을 경찰에게도 전달하였음.
6. 현재 기사는 담임교사를 신고자로 특정하여 아동학대처벌법 제10조 제3항에서 보장하는 신고인에 대한 비밀유지를 어기고 있음.

위 내용을 검토한 후 보도 내용에 대한 정정이 이루어질 것을 요청합니다. 끝.

해당 자료를 언론사에 보냈다. 그리고 증빙자료를 포함한 자료를 교감 나동현과 교장 수민서에게 보냈다. 교장 수민서는 아직 학교에 남아있었다. 자료를 준비하느라 고생했다고 어깨를 토닥였다. 그때 교장실 전화가 울렸다.

"네, 전화 받았습니다. 가담초등학교 교장 수민서입니다."

상대가 뭐라 말하는지 정확히는 안 들렸지만, 교장 수민서의 표정이 급격히 안 좋게 변하는 것으로 볼 때 이번 일과 관련된 전화인 듯했다.

34. 새들

"지금 이 기사 속에 진실이 얼마만큼 담겨있습니까? 저희랑도 제대로 논의를 하시던가요!"

수민서가 화를 내며 말했다. 상대도 뭐라 뭐라 소리를 지르는 듯했다. 위광조는 통화 내용을 듣기 위해 집중했지만 도통 내용을 알 수 없었다.

"저, 교장 선생님. 저도 들을 수 있게 스피커 폰으로…."

광조가 속삭였다. 수민서가 고개를 끄덕이며 스피커폰으로 전환했다.

"그러니까 교장 선생님, 제가 뭘 얼마나 알겠습니까. 저야 소스를 얻은 대로 전할 뿐이지요."

"그 소스를 대체 어디서 받은 거냐고요. 기사에서는 '학교와 경찰 측에 따르면'이라고 기술하셨는데, 누가 이렇게 아동과 관련된 사안을 대책 없이 기자에게 흘렸단 말입니까?"

"그거는 이제 알아서 생각하실 일이지요. 메일로 그 학교 교사…. 누구더라. 이름이 기억나지 않네요. 학생주임 교사였던가? 그 교사가 보낸 자료 받아봤습니다만, 저로서는 정정 보도를 할 이유는 딱히 없습니다. 그거 참고하시라고 연락 드린 겁니다."

광조는 어금니를 꽉 물었다. 정정 보도를 할 이유가 없다니.

"그게 기자로서 하실 말씀인지 도저히 공감되질 않네요. 우리 생활부장 교사가 조사한 대로 당신 지금 법적인 내용도 다 위반한 거 알아요? 학생과 부모에 대한 사적인 내용부터 다 유출했잖아요!"

"저, 그 교장 선생님. 아직 상황 파악이 어려우신가 본데요. 만에 하나라도 말입니다. 만에 하나. 아이와 관련된 문제에서 뭔가 일이 생겼다면 학교 측이 자유로울 수 있을까요? 이 사건 커지면 말이죠, 전국 보도도 다 저희 지방 언론사에서 시작해서 나가는 겁니다. 후속 보도 관련 지침 떨어지면 첫 기사문을 쓴 제가 또 알아서 잘 처리해볼 거고요. 저한테 그렇게 소리치셔서 좋을 게 없을 겁니다, 지금?"

비아냥거리는 목소리였다. 광조는 지금이라도 통화 녹음을 해야겠다고 생각했다. 조그맣게 속삭였다.

"교장 선생님, 통화 녹음을 해야 할 것 같습니다."

하지만 곧이어 상대는 마무리 인사를 했다.

"아무튼 고생하시고, 뭐 정정 보도 원하신다니 한 번 검토는 해보겠습니다. 수고하십쇼."

통화가 끝났다.

수민서는 분노 가득한 목소리로 말했다.

"이 순 나쁜 놈들. 하, 이거 누가 어떤 목적으로 흘린 걸까. 답답하네, 이거."

"증거라도 잡으려면 저희 통화 녹음이라도 했으면 좋았을 텐데요."

"교장실 전화기가 아직 통화 녹음이 안 되는 모델이야. 게다가 방금 내 폰 배터리도 나간 참이었네. 하필 이때."

아쉬움 가득한 목소리로 교장 수민서가 말했다.

"이제 어떻게 해야 좋을까요."

"일단 위 부장이 만든 반박자료를 교육청으로 넘기겠네. 그리고 어쩔 수 없는 말이지만, 우리로선 일이 안 커지길 바라는 게 좋을 것 같아. 이 저녁에 고생 많았어."

"하…. 교장 선생님도 고생 많으셨습니다."

"그래, 위 부장. 이럴 때야말로 정신 바짝 차려야 하는 거 알지? 그리고

이거 위 부장 책임 아닌 거 알아. 걱정하지 마. 자네 성격에 또 미안해하는 마음 가질까 봐 미리 내가 선수 치네. 이런 일들은 원래 교장이 책임지는 거야. 그러라고 있는 자리니까. 위 부장이 일 처리 실수한 것도 없고, 이렇게 경위 파악도 잘해놨으니 내가 당당히 지금 싸우기도 하는 거야. 고마워. 걱정은 말고 집에 가서 푹 쉬게."

어느새 광조를 대하는 수민서의 말이 더욱 짧아졌다. 그 짧아진 말투만큼이나 두 사람의 거리는 뭔가 더 가까워진 것 같았다.

광조는 집으로 돌아가서 포털 사이트에서 초등학교, 아동학대, 경찰 등의 키워드 등을 조합하여 계속 새로고침을 했다.

한 시간 뒤 아까 통화를 했던 그 기자가 쓴 기사를 그대로 베껴 쓴 다른 기사가 하나 더 올라왔다. 혹시라도 이런 기사들이 뜨거운 관심을 받게 되어 학교가 여론의 질타를 받지 않을까 너무나 겁이 났다. 학교에선 잘못한 게 없어도, 모르는 사람들이 보면 누가 봐도 학교가 아동학대 피해 학생을 방치한 꼴이니까. 이 일로 인해 괜한 오해가 확산될까 무서웠다.

문자왔숑~. 박한빛의 메시지였다. 다른 언론사에서 또 기사가 올라왔다는, 그래서 무섭다는 내용이었다. 그리고 기사가 퍼질수록 가해자로 지목된 학부모는 사건이 기사화되었다는 것을 알게 될 확률이 높아지고, 이를 통해 다시 발생할 수 있을 여러 종류의 민원에 대해 걱정이 정말 커져서 울고만 싶다고 했다. 그 마음이 이해가 됐다. 광조도 두려움이 컸다. 계속 새로고침 버튼을 눌렀다.

다음 날 아침이었다. 교육청에서는 광조가 보낸 경위서를 바탕으로 왜 이렇게 대처했는지 물었다. 관건이 된 부분은 신고를 했음에도 아이를 보호 조치를 하지 않고 돌려보낸 점이었다. 광조는 그것이 법적으로 보장된 행위가 아님을 지적했다. 담임교사로서는 아이를 보호하고자 노력하면서, 동시에 신고 사실이 가해자에게 드러나지 않기 위한 선택이었다고 설명했다.

증빙자료에 있듯이 학대 징후 발견 즉시 학교전담경찰관에게 연락을 취했고, 이를 통해 관할 경찰서 내 아동학대 담당 경찰관을 연결해주어 연락을 주고받았음을 설명했다. 학생이 학원에 가는 일정임을 명확히 인지하고 경찰에게 이를 설명했으나, 다음 날 신고하도록 경찰이 안내했던 부분도 말했다. 담당 장학사는 광조에게 고생이 많았다고 말하며, 이 내용을 바탕으로 학교 측의 잘못이 없음을 설명하는 언론 보도 대응을 하겠다고 했다.

정오쯤 공문이 전달되었다. 아동학대 신고절차에 대해 학교 측에서 신경을 써달라는 안내였다. 아동학대 신고 후 아이를 반드시 교실에 데리고 있으라는 내용이었다. 한두 시간쯤 뒤에 새로운 기사가 포털 뉴스에 걸렸다. 기존의 보도 내용과 크게 다르지 않았다. 학교 측에서 학생을 보호하려는 책임을 회피하는 주장을 반복하고 있다는 한 줄이 추가되었다. 다른 내용은 정정된 바가 없었다.

몇 개월 뒤에나 알려진 이야기지만, 체벌과 학대에 대한 내용 모두 아이의 허위 진술이었다. 아이의 부모는 단 한 번도 아이를 때린 적이 없었다. 아동학대전담공무원의 말대로였다. 상처는 아이가 장난으로 직접 만들었다고 했다. 부모가 처벌받기 직전이 되어서야 두려움을 느끼고, 습관적으로 거짓말을 했노라고 고백했다.

하지만 그 뒤로도 한동안 가담초등학교는 아동학대를 무책임하게 처리한 학교로 입방아에 올랐다.

6화

사안번호: 아동학대 21-나

35. 여행

광조는 그 와중에도 다른 업무도 처리해야만 했다. 1학기 말에는 수학여행 준비로 바빴다. 학년 부장인 구성희를 비롯한 동학년 교사들이 수학여행 업무 중 많은 영역을 감당했지만, 그래도 또 6학년 담임교사로서 맡아야 할 여러 자질구레한 일들이 많았다. 좀 쉬라며, 학년 업무는 본인들이 다 하겠다며 구성희와 성찬재는 늘 나섰다. 그래도 그 둘에게만 업무를 떠넘기기엔 너무 미안했다. 조금이라도 더 거들어야 했다. 이런 업무들과 별개로, 광조는 여기서 아이들을 위해 반드시 짚고 넘어가야 할 부분이 있다고 판단했다.

걱정을 해소하기 위해 수학여행을 가기 전에 앞서 또래상담 동아리를 몇 차례 더 소집했다. 광조가 학교를 비운 사이에 아무 일이 없기를 바라는 마음에서 계획한 것이기도 했고, 수학여행을 가게 되는 6학년 아이들을 위한 일이기도 했다.

1학년부터 6학년까지 모두 함께 이야기를 나누는 시간을 가졌다. 광조네 반 교실 바닥 전체에 매트를 깔았다. 여러 간식을 준비했다. 학년을 골고루 섞어 팀별로 앉았다. 여러 학년의 선후배가 서로가 가진 고민을 말하고, 위로와 조언을 하는 대화 활동이었다. 그 속에서 모두의 웃음소리가 가득했다. 이후 놀이 상담이라는 명목으로, 놀이 요소를 결합한 상담 활동을 실시했다.

땅볼 피구 형태의 놀이를 하면서, 아웃된 사람들에게 응원의 메시지를 전하는 등 놀이 속 여러 장치를 설정했다. 중간중간 광조는 아이들과 이야기를 나누면서 마음을 살폈다. 그러면서 아이들이 살아가는 모습, 학교가 돌아가는 분위기를 엿보았다. 조금씩 밝아지고 있는 채성이도, 오늘 하루 교실 속에서 소리를 지르기도 했지만, 그래도 문제행동을 고치기 위해 꾸준히 노력해온 차은이도, 원래 여러 친구들과 어울리기 좋아했기에 마냥 이 시간이 즐거운 희수도, 또래상담 동아리의 분위기를 지도 교사의 뜻에 따라 잘 이끌고 있는 경아도, 그렇게 40명 남짓하는 학생들이 서로 즐겁게 놀았다.

"선생님, 또래상담 활동 더 하고 싶어요."

"와, 꿀잼이었어요. 지난번 모임보다 더 좋았어요."

웃음 가득한 아이들의 표정을 보니 광조도 고생할만한 가치가 있었다는 생각이 들었다. 특히 경아와 채성이 조금 더 친해지면서 같이 웃고 있던 걸 발견해서 안심이었다. 수학여행 시간이 모든 6학년 아이들에게 행복한 시간이기를 바랐다. 상담 업무를 그렇게 추진하면서, 오후 업무시간에는 더욱 바삐 움직였다.

버스 회사와 통화하며 쉬어갈 휴게소, 이동 코스 등을 논의했다. 이후 주말에는 구성희와 함께 수학여행 사전답사를 위해 한 번 더 14시간의 운전을 했다. 학부모와 이미 규칙상으로 정해진 사전답사는 다녀왔지만, 아이들의 레크리에이션 활동 등의 안전한 진행을 위해 추가로 살펴봐야 할 점이 있었다. 사전답사 중 숙소 배치 쪽에서 광조가 신경 쓰이는 부분이 있었다.

"여자아이들 숙소가 서로 너무 가깝네요."

"그렇긴 하네. 애들 사고 치려나."

"유미하랑 채성이가 서로 만나는 일은 없었으면 하는데."

"그렇다고 또 남자아이들하고 숙소를 같은 층으로 잡을 수도 없는 일이니까."

"이 부분을 좀 신경 써야겠네요."

최대한 채성이 심리적 부담을 느끼지 않도록 배려하고 싶었지만, 시설의 여건이 뒷받침되지 않았다. 구성희에게 여자아이들의 충돌을 방지할 수 있도록 세심한 지도를 부탁했다.

수학여행 당일.

아이들은 호기심과 두근거림이 가득한 마음으로 버스에 올랐다. 교사들은 사고는 없을까, 아이들이 다투진 않을까, 늘 그렇듯 걱정 가득한 마음으로 오른 것 같긴 했지만. 그래도 이내 아이들이 즐겁게 대화하고 웃는 모습을 보니 마음이 놓였다. 광조는 채성을 시율, 환희, 해리와 한 팀으로 배정했다.

최근에 채성이 경아와 친하게 잘 지내다 보니, 경아와 친한 주변 아이들과도 다시 더 쉽게 친해졌다. 그래서 굳이 경아와 같이 한 팀이 되지 않아도 될 타이밍이라고 생각했다. 채성을 경아가 담당하고 있다는 인상을 누구에게도 남기지 않기 위해서이기도 하고. 모든 아이가 행복한 시간을 갖기를 바랐다.

오후 세 시쯤, 두 번째 체험 장소에 도착했다. 놀이공원이었다. 아이들은 자유롭게 원하는 돌아다니며 시간을 보내고 있었다. 광조도 한숨을 돌리며 동학년 교사들과 함께 벤치에 앉아, 아이들이 즐겁게 노는 모습을 관찰하고 있었다. 그때였다.

따르르릉. 교육청 쪽 번호였다. 전화를 받고 싶지 않았다. 뭔가 느낌이 좋지 않았다.

"네, 전화 받았습니다."

역시나 교육청이었다. 일어나 다른 교사들이 듣지 못하도록 자리를 옮겼다. 내용을 전달받으며 광조는 어금니를 꽉 물었다.

36. 재발

교육청에서는 다급하게 소식을 전해왔다. 광조가 부재한 사이에 학교에서 아동학대 신고를 접수하여 처리했으나, 또 한 지역 언론사가 해당 사안을 유포했다는 소식이었다. 어떤 기사가 뜬 건지 확인해야 했다. 휴대폰으로 기사를 확인했다.

근거 없는 아동학대 신고 후 아이를 가둔 정신 나간 학교

자극적인 제목이었다. 광조는 자신도 모르게 미간을 찌푸렸다. 왜 학교가 공격을 받아야 하는 걸까. 학교가 무엇을 잘못했을까.

25일 ㅁㅁ구 담당 경찰서에 따르면 ㅇㅇ초등학교는 담임교사를 통해 오후 2시 재학생 A군의 가정폭력 피해 징후를 파악했다. … 이후 학교는 정확한 증거 없이 아동학대 신고를 하고, 아이가 학원에 가지 못하도록 막았다. 신고를 당한 부모는 법적 권한 없이 자녀를 교실에 방치한 학교에 대한 불만을 호소했다.

이건 또 무슨 말일까. 자꾸 이런 논란은 누가 일으키는 것일까. 자세한 내용은 사안을 신고한 담임교사와 다시 이야기를 나눠봐야 알 수 있겠지만, 기사의 뉘앙스로 볼 때 지난 사안과 양상이 비슷할 것이란 생각이 들었다.

학교에 전화를 걸었다. 학교에서는 김지연을 연결해주었다.

"부장님. 하, 죄송합니다."

당장이라도 울 것만 같은 목소리였다.

"죄송하다뇨, 아닙니다. 무슨 상황인지 우선 파악하려고 전화 드린 겁니다."

"부장님, 윤성이가 오늘 아침부터 자기가 얻어맞았다고 자꾸 제게 말을 했거든요?"

"누구한테 맞았다고 하던가요?"

"어머님께 맞은 거라고 했어요. 주먹으로 머리를 한 다섯 대 정도, 복부도 열 번은 넘게 가격당했다고 했어요."

광조는 스피커폰 모드로 바꾸며, 휴대폰에 저장해둔 아동학대 사안 매뉴얼 PDF 파일을 열었다. 김지연이 이어서 말했다.

"윤성이 말로는 요새 원래 엄마랑 자주 싸운다고, 자기도 어머니 때려서 괜찮다고 하는데. 고민하다가 아동학대로 신고한 것이거든요."

광조는 휴대폰에 띄워놓은 매뉴얼에 시선을 고정한 채 말했다.

"아동학대 사안…. 원칙대로면 맞다고 봐야겠지요. 다친 곳이 있었나요?"

"겉으로 대충 봤을 땐 없었어요."

"피해 사실 인지 즉시 신고가 원칙이긴 하니까요. 혹시 폭력의 정도는 선생님께서 판단할 때 어느 정도라고 생각하셨나요?"

"어머니가 욕설을 내뱉으며 그렇게 여러 번 때렸다고 말했으니까, 정상적인 상황은 확실히 아니라고 생각이 들었어요."

"그렇다면 신고하신 게 맞는 거죠. 그리고 그 뒤로는 아이를 학원에 못 가도록 조치 취해주신 거였고요?"

"네, 부장님. 지난번 사안도 있었으니까요. 학교 전체에 안내된 대로 윤성이를 학원에 못 가도록 하고, 경찰이 올 때까지 기다리게 했어요."

광조는 고생했다고, 선생님께서는 잘 대처해 준 것이니 걱정하지 말라고 다독이며 말했다.

"그리고 아이 상태는 어떤가요?"

"하루 내내 별일 없는 것처럼 잘 놀았어요. 상황 자체는 가정 내 아동학대로 신고해야 할 것 같다고, 심각하다고 생각이 든 건 맞지만요. 윤성이 자기 말로는 그냥 종종 있는 일이라며, 걱정은 말라고 하긴 했거든요. 경찰 수사가 끝난 다음에는 조금 툴툴거리면서 학원으로 바로 갔구요."

"불안감이나 두려움은요?"

"전혀 없었어요. 집에 돌아가면서도 마지막까지 자기가 어머니랑 싸우면 지진 않는다고, 굳이 걱정하진 말란 식으로 대답하더라구요."

"그래도 아이니까, 솔직히 말 안 한 구석이 있을 수도 있으니…. 혹시 학교 측의 도움이 필요한 건 아닌지 나중에 조심스레 물어봐 주세요. 상담 일지도 꾸준히 기록해주시고요."

"네, 부장님."

37. 복수

광조는 수학여행 기간 내내 전화기를 붙들고 살았다. 학교폭력 및 아동 학대를 담당하는 장학사에게 사안을 낱낱이 보고했다. 담당 장학사는 해당 담임 선생님의 잘못이 없음을 안다고, 곧 언론 보도 자료를 낼 때 관련 내용을 잘 전달하겠다고 약속했다.

광조는 속상했다. 왜 자꾸 이런 일이 반복되는지 답답함이 컸다. 아무리 봐도 교사들은 잘못이 없었다. 아동학대를 가한 것은 교사가 아니다. 신고의 의무가 있어 교사들은 정황을 근거로 신고했다. 경찰은 그 이후의 과정에서 학교의 추가적인 역할을 요구했다. 담임교사가 신고자인 것이 드러나더라도 아이를 학교에 붙잡아놓길 바라는 것 같았다.

아이를 학교에 붙잡아둘 법적 장치는 없었다. 아무 권한이 없었다. 신고자가 담임교사라는 것이 들통나면 어떤 어려움이 있는지도 감수해야 했다. 법적으로 보장된 비밀유지도 보장이 안 된다. 용기를 내 신고를 강행하고, 경찰이 원하는 대로 아이를 학교에 붙잡아두면 결국 이렇게 교사가 문제인 것으로 결론이 나고 만다. 수학여행 속 온갖 다양한 크고 작은 사건들은 광조의 눈에 들어오지도 않았다. 아이들과 추억을 좀 더 쌓아야 할 시간에, 광조의 머리는 온통 아동학대 사안으로 가득했으니.

정신없는 1박 2일 일정이 마무리되고 광조는 뒷수습에 매진했다. 교육청에 보고를 마무리하고 학교전담경찰관에게 전화를 걸었다. 지금 어떻게 돌아가는 건지 조언을 구하고 싶었다.

“경위님, 안녕하셨는지요.”

“하하, 안녕하겠습니까. 저희도 한동안 난리였습니다.”

“지금 뭐가 어떻게 되어가고 있는 건가요? 지금까지 같이 한 학기 동안 다양한 행사도 같이 추진하고, 저희 학교랑 경위님 소속 경찰서랑 되게 관계가 좋았다고 생각해서요. 어쩌면 경찰서랑 학교생활 업무 부서랑 이렇게 유대관계가 좋은 곳이 또 있을까 하고 늘 다행이라고 생각했단 말입니다. 일이 다 잘 풀릴 줄만 알았는데요.”

“선생님, 그건 저도 마찬가지라구요. 이렇게 자꾸 뭔가 일이 발생할 줄은 상상도 하지 못했습니다.”

“경위님, 저희끼리 이야기나 한번 같이 나누시죠.”

“좋아요, 선생님. 상황 공유 좀 하면서 허심탄회하게 말해보게요.”

광조는 통화가 끝나자마자 바로 출발했다. 경찰서 주차장에 차를 대고, 학교전담경찰관 김 경위를 기다렸다. 김 경위가 나왔다. 둘은 환하게 웃으며 인사했다.

“반갑습니다, 경위님.”

“네, 선생님. 저기 바로 앞 카페로 가시죠.”

각자 메뉴를 고르고 자리에 앉았다.

광조가 먼저 말을 시작했다.

"경위님, 일단 지금 어떤 일들이 일어난 건지 좀 설명해주실 수 있으실까요?"

"네, 선생님."

커피잔을 들어 한입 머금고 나서, 김 경위는 말을 시작했다.

"박한빛 선생님이 112에 신고를 하고 아이를 교실에 안 둔 부분이 상황을 조금 어렵게 만든 점이라 생각해요. 왜 학교 측은 신고 후에 아이들을 붙잡아두길 두려워하는 거죠? 저희가 수사하기에 되게 불편한 상황이 이어지잖아요. 저희 측에서는 이 부분을 되게 언짢게 생각했어요."

"경위님도 사안 보시면 아시겠지만, 첫 번째 사안에서는 교사가 아이들의 방과 후 일정을 명확히 확인하고 경찰 측에 전달하지 않았나요?"

"아니, 그것은 아는데 왜 학교에서 신고한 것을 드러내거나 알려지는 걸 자꾸 무서워하냐는 거죠."

“경위님. 기본적으로 학교 측에는 아이를 잡아둘 수 있는 권한이 없어요. 긴급 상황에 대한 응급조치는 법적으로 수사기관과 지자체에만 있는 것 아니었나요? 아동학대처벌법 제12조 제1항요.”

“법으로는 그런데, 잠시 학교에 아이가 있도록 해줄 수도 있는 거니까요.”

“아이를 잡아두면 어떤 일이 생기죠? 학교에서 아이를 잡아두면 아이는 학원에 못 가게 됩니다. 학원에 못 가게 되면 학교는 아이의 이동권을 제한해서 아동학대로 다시 걸리게 되는 거라고요. 그리고 이렇게 지금 두 번째 사안처럼 기사가 나겠죠.”

김 경위는 코웃음을 치며 말도 안 된다는 듯한 표정을 지으며 말했다.

“아니, 선생님. 이거야 어쩌다 한 번 그런 거죠. 그게 무슨 핑계인….”

광조는 말을 잘랐다.

“이번이 처음이 아니에요. 줄곧 전국 여러 학교에서 있었던 일이랍니다. 제 가장 친한 선배도 그 일을 겪고 크게 다쳤어요. 지금은 교사 일을 못 하고 있고요.”

김 경위가 다소 놀란 표정을 지었다. 광조가 다시 설명을 이어나갔다.

“그리고 교사가 부모를 신고하고, 그게 알려지면요? 어떤 일이 생길까요? 부모는 아동학대로 조사를 받는 내내 교사를 원망하게 됩니다. 그 학부모는 이제 교사의 적대적인 존재가 됩니다. 아동학대 신고를 다시 할 수 있는 강력한 무기를 든 상태로, 교사를 365일 내내 지켜보는 악의적

민원인으로서 존재한다고요. 그 무게감을 경위님께서 이해해주실 수 있으실까요?"

김 경위는 묵묵히 듣다가, 알겠다는 듯 고개를 끄덕였다.

"그 상황은 이해가 되네요."

"이해해주신다니 다행입니다. 교사들이 겪는 어려움은 그런 거였어요."

"확실히 선생님 말씀 듣고 나니, 아동학대 신고 절차가 기관마다 입장 차가 좀 있네요. 설명을 들으니 이해돼요."

왜 해당 사안이 유포된 것인지에 대해서도 둘은 깊은 이야기를 나눴다. 학교와 교육청은 공문으로만 내용을 주고받으니 유포될 가능성이 없었다. 사안이 유포되어서 얻는 이득도 없었다. 이런 설명을 하고 나서 광조는 경찰 측에서 과연 보안 유지를 잘해준 것인지 물었다. 김 경위는 당연히 경찰 측에서 해당 사안에 대해 잘 함구했음을 원론적으로 대답했다.

38. 속내

광조는 교사들의 잘못이 없음을 밝히는 자체 보고서를 만들었다. 첫 번째 아동학대 신고 사안이 외부에 유출되었을 당시에 언론사에 전달했던 내용도 모두 포함했다. 여기에 더해 정황 발견 즉시 빠른 신고를 강조하는 가이드북을 기반으로 담임교사의 대처에 문제가 없음을 기술했다. 무엇보다도 사안의 본질인 가정에서의 아동학대에 대해 다루는 것이 아니라, 마치 학교가 가해자인 것처럼 자극적인 보도를 하는 것에 대한 문제점도 지적했다. 마지막으로 담임교사가 신고자인 것을 누구나 알 수 있게 노출한 사태에 대한 법적 책임이 무거움을 밝혔다. 이 내용을 기사를 뿌린 기자들에게 메일을 통해 전달했다. 하지만 여기에 대해 답장을 준 기자는 단 한 명이었다. 그나마도 아래와 같은 내용이었지만.

저희는 저희가 입수한 내용을 바탕으로 기사를 작성하였습니다. 이에 귀하께서 요청하시는 정정 보도에 대해 검토를 해보겠으나, 이에 대한 확답은 어려움을 말씀드립니다.

기사에 대한 수정은 없을 것이란 통보였다. 아동학대 정황 발견 후 아동을 교사가 데리고 있어도, 데리고 있지 않아도 문제 삼은 이중적인 태도를 애써 외면하는 듯했다. 이때부터 학교 단위가 아니라, 교육지원청이 이 사안에 대한 언론 창구로서 역할을 담당하기로 했다. 광조는 교육청이 대응할 때, 교사의 억울함이 풀릴 수 있도록 근거 자료를 잘 갖추고 있어야 한다는 생각이 들었다. 광조는 교육지원청 담당 장학사에게 직접 연락을 했다.

"네, 교육지원청입니다."

"장학사님, 가담초 생활담당 교사 위광조입니다.

"아이고, 부장님. 고생 많으시죠."

"아닙니다. 장학사님께서 고생 많으시지요. 한 가지 여쭈어보려고 전화를 드렸습니다.

"네네, 말씀하세요."

장학사는 광조의 말을 귀담아들었다. 그리고 광조가 만든 자료가 교사들을 지키는 데에 보탬이 될 것이라고 말했다.

"부장님, 그거 파일 바로 내부메일로 보내주세요."

장학사는 광조에게 해당 자료를 자기가 검토하겠다고, 그리고 언론 응대 시에 필요한 부분을 활용하겠다고 약속했다.

다음 날 아침이었다. 교장과 교감이 낯빛이 하얬다.

"위 부장, 지상파에서 취재가 온다네."

말인즉슨 지역 언론사에서 며칠 동안 기사를 쏟아낸 결과, 지역 지상파 방송국에서도 해당 사안을 인지하게 되었고, 이에 취재를 나온다는 이야기였다.

"언론 응대는 누가 하시나요?"

"교육지원청에서 일괄 담당하기로 했네. 여기엔 촬영만 하고 간대."

이제 어떻게 뉴스가 나올까. 담임교사 박한빛과 김지연은 광조에게 미안함을 표하면서, 이 상황이 무척 겁이 난다는 문자를 몇 차례 보냈다. 별일 없을 것이라며 그들을 달랬다.

오후쯤 담당 장학사와 통화를 했다.

"부장님, 일단 부장님께서 말씀하신 내용은 기자에게 모두 전달했어요. 어떻게 보도될진 우리로선 알 수 없지만, 일단 차분히 기다려봐야 할 것 같네요."

저녁에 TV를 켜놓고, 컴퓨터로는 끊임없이 새로고침 버튼을 누르며 뉴스를 확인했다. 8시 뉴스가 끝난 후 이어진 지역 방송사 뉴스의 다섯 번째 꼭지에 낯익은 학교 외관의 실루엣이 보였다. 가담초등학교였다. 지역 주민이라면 누구라도 금방 알아볼 수 있는 영상 구도였다.

기자의 멘트가 이어졌다.

"□□구 한 초등학교, 가정에서의 아동학대 사안을 아동의 담임교사가 발견해 신고했습니다. 경찰은 이후 학교에서 면담한 뒤 아동의 의사에 따라 부모와 분리하지 않기로 했습니다."

"지난 아동학대 사안과 관련하여서는 경찰이 즉각적으로 대처하지 않았던 점, 그리고 근본적으로는 교육부의 매뉴얼에서 언급하는 '응급상황'에 대한 해석, 아동에 대한 '보호' 권한이 달라 기관끼리의 협조가 어려운 점이 문제로 지적되었습니다. 그렇지만 이번에는 신고를 한 학교가 아동을 보호하고 있어도 이를 아동학대로 언급하며 다시 문제로 지적한다면, 과연 학교는 어떻게 대처해야 할 것인지 면밀한 분석이 필요한 시점입니다. 기자 진해영입니다."

다행이다 싶었다. 교사들이 무분별하게 공격대상이 된 것이 아니라, 시스템 자체의 문제점을 지적하는 객관적인 보도였다는 생각이 들었다. 기자와 방송국이 사안을 잘 짚어줬다는 생각에 안도했다. 담당 장학사가 광조의 말을 귀담아 들어주고, 인터뷰에 이를 적절히 반영해준 것도 무척 고마웠다.

다음 날이었다. 최현정이 교장실로 찾아왔다. 화가 씩씩 나 있는 모습이었다.

"교장 선생님, 어떻게 학교 안에서 아동학대 사안 신고가 아무렇지 않게 언론사에 유출될 수가 있죠?"

"어머님, 진정하시고 일단 자리에 앉아서 이야기 나누시죠."

"진정을 어떻게 합니까. 아니, 별것도 아닌데 신고한 선생님들은 그렇다 쳐요. 뭐 이해합니다. 그럴 수도 있죠. 하지만 두 번이나 신고 사실이 언론이 알게 된 것은 누군가가 비밀유지를 엄수하지 않았다고 생각되는 부분 아닌가요, 교장 선생님?"

"학교 측에서는 신고 사실을 알린 적이 없습니다, 어머님."

"그건 지켜보면 알겠죠. 지금 이번 아동학대 사안에서 결재 라인에 있던 사람들, 그 사람들 똑바로 일 처리 하시는지 지켜볼 겁니다."

그러고는 최현정은 문을 쾅 닫고 나갔다. 최현정은 사실 이번 아동학대 사안이 언론에 보도되는 과정을 보며 희열을 느꼈다. 첫째로는 자신의 아동학대 사안이 학교의 잘못인 것으로 덤탱이를 씌워서, 오히려 조용히 감춰질 수 있을 것이란 기대에서 나온 감정이었다. 학부모가 아무 잘못도 없던 아동학대 사안도 발생했었으니까. 물타기를 할 요량이었다. 희열의 두 번째 이유는 학교에서 자신의 영향력을 키울 수 있을 것이라는 설렘에서 나온 것이었다. 주변 학부모들에게 학교 측의 잘못이 크게 느껴지도록 모임 때마다 반복하여 설명했다. 그녀의 측근들은 모두 여기에 동조했다.

"걸핏하면 아동학대 신고를 하는 게 교사 맞나요?"

"그러니까요. 이건 갑질이죠. 우리가 왜 수사를 받아야 합니까? 뭘 잘못했다고. 아이 좀 훈육 차 혼낼 수도 있는 거죠. 교사들이 학부모들 신고하는 게, 증거도 없이 하는 게 맞습니까?"

마음이 잘 맞은 그 무리는 이후 맘카페 등을 활용하여 여론전을 시작했다. 이번 사안이 아무 일도 아닌데, 학교가 과잉대응을 했다는 이미지를 씌우고자 했다.

'가담초 교사들, 뭐만 하면 부모들 신고해서 겁박한다며?'

'자기들은 신고 한 번 당하면 멀쩡할 줄 아나? 요새 교사들 혼 좀 나야 한다니까요. 지들이 뭐 되는 줄 안다니까.'

'가담초 지금 학폭 담당 교사 누구더라? 그 사람이 문제죠, 문제. 아동학대 신고 담당자도 그 사람일 걸요?'

이런 식의 자극적인 글들을 달았다. 익명 게시판에서 자주 글들을 달다 보니, 어느새 그것이 주류 여론이 되었다. 가담초등학교 교사들이 모르는 사이에 그들은 '큰일도 아닌데 신고를 해서 가정에 해악을 끼치는 인간'들로 묘사되고 있었다. 특히 제일 자주 언급되는 이름은 바로 광조였다.

'지가 학생주임이라고 나대는 거 보세요. 애기들 뭐 크게 싸운 것도 아닌데 신고 다 접수해서 완장질을 한다니까요.'

'언제 적 학생주임이야. 1980년대인 줄 아나. 그런 교사는 퇴출해야 해요!'

'지금 학교폭력 가해자로 지목된 아이들, 다 피해자입니다. 학폭교사 위광조 때문에 학폭 더 일어나는 거여요. 그냥 철밥통 마인드로 아무 노력 없이 신고 다 받아주고, 다 자기 실적 올리려고 하는 거라니까요?'

'학폭교사들, 그거 위원회 뭐 열고 하면 수당 다 나온다면서요? 돈 벌려고 지랄을 한다, 지랄들을 해.'

원색적인 비난이 이어졌다.

'그런 거 제가 해봤는데 수당 안 나와요.' 이렇게 간혹 진실을 알리는 댓글들도 올라왔지만, 이런 목소리는 바로 욕설로 반격을 받았다. '너 위광조냐? 나대지 마라.' '광조야, 입 닫고 나가라. 이런 누추한 놈이 이런 귀한 곳에 왜 오냐'와 같이.

최현정은 몹시 만족스러웠다. 사실 윤성의 악행이 알려지거나 학교폭력 가해자로 지목되었던 것 자체가 그녀에겐 수치스러웠던 일들이다. 그런 상황에 광조는 또래상담 동아리니, 관계회복프로그램이니 뭐니 하면서 아이들로부터 여론이 되게 좋은 상황이었으니, 반격의 여지가 없어 답답했던 차였다. 거기에 이번엔 아동학대 가해자로 소문이 날까 벌벌 떨고 있었는데, 이런 좋은 공격 기회가 생기다니! 그녀의 심장이 두근거리기 시작했다. 그리고 그녀는 하나의 계획을 더 세웠다.

사안번호: 21-008. 아동학대 21-다, 라

39. 목마木馬

【아동복지법 제5조(보호자 등의 책무)】

① 아동의 보호자는 아동을 가정에서 그의 성장 시기에 맞추어 건강하고 안전하게 양육하여야 한다.

【아동복지법 제17조(금지행위)】

누구든지 다음 각 호의 어느 하나에 해당하는 행위를 하여서는 아니 된다.

5. 아동의 정신건강 및 발달에 해를 끼치는 정서적 학대행위

어느 날 오후 2시 45분, 석오의 모는 117로 직접 학교폭력 신고를 했

다. 최현정의 아들, 윤성이 자신의 아들, 석오에게 위협을 가하는 말을 했다는 내용이었다. 광조는 경찰로부터 내용을 전달받아 사안을 접수했다. 사안번호는 21-008호.

117에서 접수 시점을 2시 45분으로 안내했지만, 광조에게 사안 내용이 전달되었을 때에는 이미 아이들이 집에 간 이후였다. 다음 날 오전 바로 관련 학생 면담을 진행했다. 석오는 담담히 사안을 설명했다.

"윤성이가 저한테 운동장에서 꺼지라고 말했어요."

언어폭력에 해당했다. 117로 접수된 사안은 신고 접수 시간이 명확하기에 빠른 처리가 요구되었다. 석오와의 면담 및 확인서 작성을 통해 피해 학생 확인서는 확보했다. 담임교사 김지연에게 내일 반드시 보호자 확인서 및 즉시 분리 관련 서류 등이 제출되도록 당부했다. 하지만 윤성으로부터 가해 학생 확인서는 받을 수 없었다. 윤성은 개별체험학습을 떠난 뒤였다.

"부장님, 어쩌죠. 거기에다가 윤성이 부모님이 아예 연락을 안 받으세요. 개별체험학습은 일주일 전에 신청하셔서 결재가 이미 난 상태였거든요."

아이의 확인서를 당장 못 받는 것 자체는 큰일은 아니라고 판단했다. 가해자 확인서는 3주 이내에만 받으면 되니까.

다음 날이었다. 김지연이 당황하며 말했다.

"부장님, 석오가 코로나19 유증상으로 오늘부터 결석을 한다고 합니다."

"서류 제출에 대해서는 뭐라고 안 하던가요?"

"어머니께서 일단 아이가 아파서 경황이 없다고, 다시 연락을 주신다고는 했는데…. 문자로 코로나19 검사를 했다는 서류만 보내시고는 학교폭력 신고 관련 서류는 말씀이 없으세요. 통화를 걸어도 받지 않으시고요."

낭패였다. 신고 접수 시점에 피해 학생과 보호자가 즉시 분리를 원하는지 원하지 않는지 파악해야 한다. 하지만 그게 불가능했다. 교감, 교장과 논의 후 교육청에 현재 상황을 보고했다. 학교에서 교육청으로 발송하는 사안 접수 서류에 즉시 분리에 대한 동의 여부를 확인하지 못한 사유를 적기로 했다.

피해 학생의 코로나19 유증상 결석으로 해당 의사가 확인이 어려웠다는 내용을 명시했다. 즉시 분리에 반대할지 찬성할지 알 수가 없었기에, 우선은 철저히 대비하기 위하여 즉시 분리 계획을 세웠다.

다음 날 오전에는 윤성의 등교가 확인되었다. 광조는 바로 윤성과 상담을 실시하면서 동시에 학부모 확인서 등 서류를 전달했다. 석오는 아직도 등교할 것인지에 대해 확실한 대답이 없었다. 고민이 되었지만, 광조는 석오가 갑자기 등교하는 상황을 대비해, 즉시 분리조치를 당일부터 반영하여 급식 시간을 운영하기로 했다.

급식 시간 직전에 석오가 등교했다. 석오는 담임교사에게 코로나19 결과 확인서를 제출했다. 즉시 분리에 동의한다는 서류와 함께 석오의 모가 작성한 학부모 확인서도 제출되었다. 광조는 즉시 분리 동의서를 받아들고는 식은땀이 흘렀다. 아무 조치도 준비하지 않았다면 학교에 책임을 물을 수 있었겠다는 생각이 들었다.

서류가 모두 준비되었기에 바로 학교폭력전담기구 소집을 준비했다. 위원들에게 날짜와 시간을 알렸다. 관계회복 프로그램에 대해서는 가해 학생 윤성 측은 찬성, 피해 학생 석오 측은 무응답이었다. 피해자 측의 찬성이 명시되지 않아 둘의 화해를 위해 노력하는 프로그램은 진행하지 않기로 했다. 그러고는 얼마 지나지 않아 석오와 보호자는 모두 학교장 종결을 원한다는 뜻을 밝혔다. 덕분에 전담기구에서는 딱히 논의할 것이 없었다. 피해자의 뜻대로 진행했다. 급박했던 준비과정과 달리 시시한 마무리였다.

무난하게 학교장 자체해결로 마무리되었다. 교육청 보고도 완료되었다. 그렇게 별 탈 없이 끝나는 줄 알았다.

따르르릉.

"네, 전화 받았습니다. 가담초등학교 교사 위광조입니다."

"안녕하세요, 가담초등학교 생활담당 교사 위광조 선생님. 여기 ○○ 경찰서입니다."

"아, 네. 무슨 일로 전화 주셨을까요."

"아동학대 신고가 들어와서요. 조사받으러 서로 와주셔야겠습니다. 오시기 힘드시면 저희가 지금 당장 출동할 수도 있구요."

갑자기 이게 무슨 말일까. 혼란스러웠다.

"제가 조사를 받아야 한다고요? 누가 저를 신고한 건가요?"

"예, 선생님. 자세한 내용은 말씀드릴 수 없고요. 서로 직접 오시겠어요, 아니면 저희가 갈까요. 이렇게 연락드리는 것도 학교 선생님이셔서 마지막으로 배려해드리는 거라서요."

"…. 오늘 제가 가도록 하겠습니다."

차마 경찰들이 학교로 찾아오게 할 수는 없었다. 광조는 관리자에게 사안 보고 후 경찰서로 향했다. 수사관이 취조를 시작했다. 광조는 대체 누가 어떤 일로 자신을 신고한 것일까 궁금했다.

"선생님, 지난번에 학교폭력 사안 조사하시면서 석오한테 어떻게 말씀하셨나요?"

"그야 당연히 사안에 대해 무슨 일이 있었나 이야기 나누고…. 앞으로 달라진 모습 기대한다고 다독이고…. 화를 내거나 욕을 쓰거나 그러지도 않았습니다."

"녹음 파일 있으실까요?"

"아뇨, 딱히 녹음을 따로 하지는 않았습니다. 아이들의 서술은 확인서를 통해, 그러니까 서면으로 기록을 하는 방식이라서요."

"휴-. 이거 참 곤란하게 됐네요, 선생님. 지금 석오 부모님께서는 학교폭력 사안을 조사하는 과정에서 선생님이 억압적이고 폭력적으로 말해서, 아이가 극도의 공포감을 느꼈다고 신고한 거거든요."

"전 정말로 그런 적이 없습니다, 수사관님. 다른 아이들도 알아요. 전 늘 담담한 어조로 말하거든요."

"네네, 저희야 선생님 마음 잘 알죠. 하지만 아동학대 사안이라서 원칙대로, 피해 학생의 진술을 중심으로 앞으로 수사가 이뤄질 것 같습니다."

그리고 곧바로 다음 날에는 아동학대전담 공무원의 조사가 이루어졌다. 비슷한 이야기가 오갔다. 광조는 억울함을 호소했고, 조사 담당자는 광조의 마음을 이해하나 피해 학생의 정서적 상태를 고려하여 원칙대로 조사할 것이라는 답변을 했다.

그사이 교육청에서 광조를 불러 대면 조사를 실시했다. 광조는 본인이 아이에게 아동학대를 가한 적이 없음을 주장했다. 아이에게 단 한 번도 언성을 높인 적이 없다고 항변했다. 하지만 여기서도 비슷한 이야기가 오고 갔다.

"아이에게 화를 내시면 안 되죠. 업무를 진행하시던 중이라 할지라도 그렇게 하시면 저희가 도와드릴 수 있는 게 없습니다."

담당 직원은 광조가 곧 직위 해제될 것이라는 안내도 잊지 않았다. 그렇게 아동학대 사안번호 21-다 사안에 대한 조사가 진행되었다.

이후 국민 신문고에도 사안이 올라왔다. 글에 담긴 사연인즉슨, 석오와 윤성의 사건, 학교폭력 사안번호 21-008호를 처리하는 중에 피해 학생의 분리 의사를 확인도 하지 않은 상태에서 가해 학생 소속 학급의 급식 시간을 학교에서 마음대로 바꾸었다는 내용으로 민원이 들어왔다는 것이었다. 다분히 광조를 겨냥하고 있는 악의적인 내용이었다.

이 때문에 학교폭력 가해자로 소문이 날까 봐 아이가 겁에 질려 한다는 불만이 가득 차 있었다. 거기에 더해 담당 교사가 가해 학생을 겁박하고 윽박지르며 강압적으로 조사했다는 내용도 덧붙여져 있었다. 민원이 들어온 순간 책임의 소재가 중요해졌다. 지금부터 사실의 진위는 그렇게 중요한 것이 아니었다.

법에 따라 가담초등학교는 기관장의 이름으로 광조를 신고했다. 학교 측도 광조가 그럴 리가 없다는 것을 알았다. 그를 탓한 적도 없었다. 그를 문책하지도 않았다. 그러나 그를 신고할 수밖에 없는 현실을 냉철하게 잘 알고 있었다. 기관장 이름으로 광조를 신고한 것은, 학생 측 신고와는 별도로 학교도 사안을 인지하고 법에 따라 잘 대처했음을 증명하기 위한 행위였다. 아마 그 과정에서도 많은 고민이 있긴 있었을 것이다. 그래도 광조는 슬펐다. 기관에 소속된 직원을 지키는 것이 아니라, 직접 신고를 해야 책임을 덜고 살아남는 조직의 형태가 우습기도 했다. 이렇게 아동학대 사안번호 21-라호의 접수와 조사가 진행되었다.

동시에 학생의 신고에 따라 학교폭력 가해자로도 광조를 지목하여 학교폭력 전담기구를 소집했다. 피해를 주장하는 자가 학생이면 모든 것은 학교폭력으로 분류되기에. 담당자이자 책임교사였지만, 이제는 가해자인 광조가 빠진 채 전담기구 회의가 진행되었다. 익명의 한 민원인은 국민신문고에 올라온 것과 동일한 내용으로 학교폭력 사안번호 21-008호 처리 과정에 대한 행정심판을 요구했다. 쉴 새 없는 공격이었다.

지역 언론사는 인터넷 뉴스를 통해 다음과 같은 헤드라인을 뽑아냈다.

초등교사, 강압적인 학교폭력 조사로 아동학대

무너지는 공교육 신뢰, 학생을 가해자로 낙인찍는 학대의 연속

아동학대가 멈추지 않는 학교, 문제는 무엇?

교육청은 광조를 직위 해제할 것을 결정했다. 경찰은 광조를 아동학대 가해자로 판단하고, 기소 의견으로 송치했다. 검찰은 광조를 아동학대 가

해자로 기소했다. 아동학대전담 공무원은 광조를 아동학대 가해자로 결론지었다.

학교에 소문이 돌았다. 곧 광조가 학교에서 사라질 것이라는 소문이었다. 광조민반 아이들은 광조가 그럴 교사가 아니라고 의견서를 모았다. 탄원서도 준비했다. 하지만 그 목소리는 어디에도 전달되지 않았다. 그리고 얼마 후 '학폭담당 교사가 알고 보니 학폭교사…. 초등교사가 아동학대의 가해자'라는 타이틀의 보도가 지역 방송 저녁 뉴스 첫 번째 꼭지로 방송되었다.

40. 휴지休止

순식간에 일어난 일이었다. 누구도 예상하지 못했다. 고수아는 자신이 알고 있는 모든 인맥을 동원하여 광조를 도울 수 있는 방법을 찾으려 했다. 자신의 주변에서 이런 일이 또 일어나는 것은 그녀에게 너무나 큰 충격이었다. 하지만 교사들의 탄원서는 그리 큰 효력을 발휘하지 못했다.

김지연은 윤성에게 광조가 어떻게 말을 했는지 구체적으로 일대일 상담을 통해 단서를 캐내려 했다. 윤성의 입으로부터 광조가 사실 큰 잘못이 없다는 말만 나오길 바랐다. 그걸 녹음만 하면 광조에게 큰 도움이 되리라 판단했다. 하지만 윤성은 입을 열지 않았다.

"글쎄요, 선생님."

"잘 모르겠어요."

"어쨌든 전 무서웠어요."

이런 대답들로 두루뭉술하게 넘어갔다. 도움이 될만한 진술이 나오지 않았다. 당연하겠지만, 최현정은 이미 윤성에게 입단속을 단단히 시킨 터였다. 광조만 사라진다면, 윤성이 네가 억울하게 학교로부터 낙인을 찍히는 일이 없을 것이라고 말했다. 조용히 입을 다물고 있기만 해도 광조가 학교에 발을 못 들일 것이라고 조언했다.

윤성은 본인이 보기에 광조가 나쁜 교사인지는 확신은 안 섰다. 그렇긴 해도 평상시에 준혁 그리고 민희와 다정하게 인사하는 꼴이 그리 보기 좋았던 것은 아니긴 했다. 그 두 아이에게 힘이 되어주는 듯한 느낌이 불쾌하긴 했다. 광조가 학교에서 사라지는 것도 재미있을 것 같았다. 그리고 엄마의 말대로 그저 입을 닫았다. 그랬더니 정말로 학교에서 광조가 사라진 것을 보았다. 짜릿한 기분이 들었다.

구성희와 성찬재는 6학년 아이들이 광조를 어떻게 생각하는지, 광조가 어떤 교사였는지 평판을 조사했다. '아이들을 생각하는 선생님', '학교폭력을 진심으로 막으려 한 선생님', '또래상담 동아리를 재밌게 운영했던 선생님', '쉬는 시간에 언제나 같이 장난을 쳐준 선생님', '어떤 일에도 감정적으로 화내지 않고 학생들을 존중하며 대해준 선생님' 등 다양한 표현이 나왔다. 이를 언론사에도 전달했다. 다른 사람들에게 광조가 좋은 교사라는 걸 알려주고 싶었다. 동시에 법적 싸움에도 조금이나마 보탬이 되길 바랐다. 하지만 그런 표현들이 학교 밖으로 알려지는 기적 같은 일은 일어나지 않았다.

아직 시대는 교사에게 우호적인 흐름이 아니었다. 여전히 많은 이들에게 교사라는 직종의 인식은 철밥통이었다. 그런 직종의 안정성에도 불구하고 징계 사유가 발생했다면 그럴만한 이유가 있으니 그랬을 것이라며, 오죽하면 그랬겠냐는 비판이 역으로 더해졌다. 교육청도 직위 해제 후 징계를 결정하고 있고, 심지어 경찰이 송치한 일인데 고작 학생들의 의견이 얼마나 중요하냐는 비아냥이 있었다.

공무원들의 제 식구 감싸기가 역겹다는 조롱과 빠른 처분을 촉구하는 말들도 있었다. 검사가 기소한 일이기에, 증거는 이미 충분한 거 아니겠냐는 단언이 있었다. 메인 언론이 보도한 일이니 결과는 안 봐도 훤하다는 결론이 그들에겐 이미 나 있었다. 언제나 그랬듯 교사와 학생의 목소리가 알려지는 일은 없었다. 광조가 할 수 있는 일은 없었다.

딱히 놀랄 일은 아니기는 했다. 다만 아쉬운 점은 있었다. 법대로 처리하고 매뉴얼에 적힌 내용대로 진행했지만, 그를 지켜주는 기관은 아무도 없었다. 아니 어쩌면 법대로 처리했기에 그랬을지 모르겠다. 그게 그렇게 잘못한 일인지는 이해가 어려웠다.

지쳐버렸다. 선배에게 연락했다. 그동안 있었던 일들을 말했다.

"애썼네. 근데 어쩌겠냐. 할 수 있는 게 없잖아."

선배는 담담히 말했다. 맞는 말이었다. 선배가 힘들어했던 그때. 두 사

람 모두 할 수 있는 게 없었고, 지금도 딱히 할 수 있는 게 보이지 않았다. 둘은 씁쓸하게 웃었다. 통화를 마치고, 긴 생각의 시간을 가졌다. 광조는 쉬어가기로 했다. 아주 긴 호흡의 싸움을 준비해야 했기에.

짐을 정리했다.

소파에 누웠다.

그리고 TV를 켰다.

"다음 소식입니다. 갈수록 늘어나는 학교폭력을 막기 위해 대응을 강화하는 방안을 찾기 위해 정부와 국회, 여야에서 온 힘을 모아 노력 중입니다. 이연산 기자, 말씀해주시죠."

"학교폭력 문제가 심각한지에 대해 대중의 생각을 묻기 위해, 여론 조사를 실시한 ㅁㅁ대학교 연구소. 이 연구소에서 실시한 설문조사 결과 성인 남녀 1500명 중 대다수는 현재 학교폭력 문제는 매우 심각하고, 이에 대한 처벌은 미비하다고 지적했습니다. 정부는 이런 조사결과를 바탕으로 학교폭력 대응을 한층 더 강력하게 강화하겠다는 계획을 발표했습니다."

"학교폭력을 철저히 막기 위해서는 학교의 역할이 중요합니다. 학교에서 공정하고 엄정하게 대응해야만 사전에 막을 수 있습니다. 이에 학교폭력 예방 교육의 횟수를 늘리고, 신고 즉시 가해자를 엄격하게 막는 방안을…."

"정부가 보여준 지금까지의 노력에 더해, 즉시 분리 기간을 확대하여 피해 학생이 철저히 보호되도록 노력해야 합니다. 법률안을 더욱 강화하여 피해 학생을 보호할 수 있도록 저희 당에서는 최선을 다하겠습니다."

광조가 무너진 오늘도, 언제나 그랬듯, 학교를 주제로 많은 이야기가 오고 갔다. 학생과 교사의 목소리는 들리지 않는 것 같지만, 그것은 세상에선 큰 문제가 아니었다. 그렇게 오늘도 학생과 교사의 목소리가 빠진 채, 학교에 대한 많은 이야기가 오고 간다.

학폭교사 위광조, 2021학년도 1학기. 끝.